前　言

　　孩子是父母生命的延续,也是父母一生的希望所在。教育孩子,是现代社会父母生活中的重要内容,孩子成龙成凤,是父母的美好愿望。他们省吃俭用,日出而作、日落而息是为了孩子,可惜的是我们的孩子根本不领情,反而跟你唱反调,就好像一辆失去动力的汽车在上坡的路上,父母在后面使劲推。

　　然而,当今科学技术的发展日新月异,知识的更新瞬息万变,时代在进步,社会在飞速发展。要使你的孩子将来能紧跟时代步伐,不被时代淘汰,在激流勇进的浪潮中,扬帆破浪,冲向成功的彼岸,就必须让孩子树立起梦想,有了梦想就像是汽车有了动力,才能跑得快,跑得远。然而,许多父母都没有发现这个无价之宝!

他们对孩子过分溺爱,常常担心孩子受伤害而不顾一切地呵护孩子。孩子在家里,这个别碰,那个别拿,唯恐有什么闪失伤了孩子。为了孩子的安全,家长不轻易让孩子走出家门,也不许孩子和别的小朋友玩,总是怕孩子摔着、磕着,不让孩子游泳,不让孩子爬高,不让孩子去山野游玩,生怕孩子会遇到什么不测。这事那事一切包揽,好像孩子是一个弱智儿一样,最后使孩子失去了前进的方向,成了温室的花朵,经不住风雨,稍一折腾就翻车。

实际上,现在的许多父母也非常重视家庭教育。特别是年轻的爸爸妈妈,他们踌躇满志,满怀信心,立志要把自己的宝贝打造成"天才""神童",可他们就是苦于找不到好的教育方法。于是把孩子放到语文培训班、数学培训班等等一大堆培训班,让孩子没有了喘息的机会,整日在紧张的学习中。而孩子对此又是一个怎样的态度呢?我问了一些培训班的孩子,他们有的说自己是被强迫过来的,有的是为了爸爸妈妈的奖品而过来的,有的是被爸爸妈妈忽悠过来的,有的说无所谓就过来了。这就是青春期的孩子,没有了梦,或许有了梦也被家长剥夺了。

曾经有一班学生被老师留堂,而学生家长都为老师点赞。家长这么说:这帮孩子就像一张白纸,等待家长和老师用汗水和泪水监督他们去奋斗与拼搏；他们有了错误并不可怕，可怕的是他们自己不敢、不愿正视它和纠正它。

这些话也从侧面反映出孩子的每一个进步都是被监督和强迫出来的，不是发自内心的。这样被监督和强迫出来的道路是走不远的，也走不好。有时候还会适得其反。

我也问过青春期的孩子，你跟你的父母亲的关系怎样呢？他们的回答让我很惊讶，他们说："我非常讨厌我的父母亲，人什么都可以选择就是无法选择自己的父母，没得怨，听命吧！"

由此可见，有什么样的家庭环境，就造就出什么样的孩子，也就是说家是孩子生存的第一环境，是孩子的第一学校。家庭环境对孩子的影响极为重要。每一个孩子都离不开父母的培养，对孩子的教育也是从父母创设的环境中开始的。孩子的能力是在与家庭成员接触的过程中得到提高的。通过与他人接触，不断学习理解他人，并和他人沟通。父母要给孩子营造出充满欢乐的、充满爱的家庭环境，这是教育孩子的首要条件，也是决定孩子能力发展的前提。

每个孩子都有或多或少的反叛精神，他们的反叛是想急于证明自己的能力，这种心态是孩子成长过程中不可避免的。这时如果父母居高临下，动不动就发号施令，就很难获得他们发自内心对你的尊重，时间久了，就会产生强烈的抵触情绪。孩子与父母之间的矛盾以及不尊重由此产生。生活在这样一种家庭氛围之中,孩子也就无法健康地成长。父母应该以理解和信任的态度对待孩子,以自我反省的态度去教育孩子,才能与孩子平等相待。

很多父母总是给孩子定出这样那样的规矩,对孩子做出这样那样的限制。这种做法实际上扼杀了孩子的天性,对孩子的发展极为不利。孩子的生命潜能是通过自由活动得以发展的。在父母的眼里,凡是守规矩的孩子就是好孩子,不听父母的话,就会受到一顿臭骂!限制孩子的自由,把孩子当成执行命令的机器,这种观点是错误的。应该给孩子足够的自由,才是合理的教育。

作为父母应该反思一下自己,是否总是希望自己的子女能够按照自己要求的道路走完人生,是否只是想让自己的孩子来完成自己未实现的梦想呢?我们所认为的幸福,他们是否真的认为是幸福;我们所认为的少走弯路,安稳富足的日子,他们是否真的喜欢?因此"望子成龙,望女成凤"成了父母拟定的宏伟目标,也是他们赋予自己的伟大责任。当然,这是人之常情,没什么好说的,不要去浪费时间在这永无止境地探讨和永无止境地争辩对错中。如果不出意外,我只说明一个事实:99%的人可能会平凡地度过一生。所以说你的孩子必将平凡。孩子们终将平凡，是父母必须面对的现实。可是父母很不甘心，也很难接受，最不愿意承认的一个事实就是，自己的孩子很大概率上会是一个极其平凡、极其普通的人。即便是从内心隐约意识到这一点，也定要排除万难，创造条件把孩子培养成天才。而父母在教育孩子的时候，往往忽略了这 99% 的部分，而是过于强迫孩子去争取那剩下的 1% 的成为"人上人"的极其渺茫的希望。这意味着从一开始就是一场注定了会失败的豪赌，是很多悲剧的开端。

因此，明明知道孩子是个平凡而普通的人，却一定还要想方设法、绞尽脑汁也要将其培养成精英，将孩子置于无法胜任的位置，会增加孩子额外的压力，加重挫败感，让孩子自暴自弃。当现实与希望的反差太大时，结果不仅会让自己在回报与付出的巨大落差中绝望，还会给孩子营造一个假象，让孩子误以为自己是个了不起的人，抱有很多不切实际的幻想。所以无法正确认知孩子的平凡，又如何能在平凡的生活中快乐和幸福呢？意识到孩子的平凡，你才能真正理解他，更为重要的是，意识到自己的孩子是个很平凡的人，并没有什么大不了的。父母对孩子多几分理解，就是对孩子多几分接纳。在父母的接纳下，孩子也对自己有了较为客观的认识和准确的定位，从此变得快乐而从容。

如果父母用自己的优势去衡量、要求孩子,是不公平的。或者喜欢抱有很多不切实际的期望将自以为好的东西一股脑全塞给孩子,殊不知,会给孩子造成额外的压力,会对孩子的教育起到适得其反的作用。更可怕的是,父母自己明明不擅长,还非得要求孩子足够出色。所以父母都做不到的事情,就不要为难孩子了。为人父母,回头看看自己走过的道路,很多时候自己也未必是不够努力,而是真的不擅长,又何苦来为难孩子呢?所以盲目让孩子追求不平凡,反而会促成孩子的平凡。

谁不是在生活中一面平凡地生活一面追求着不平凡,谁的人生中都有平凡也都有不平凡。平凡的是一颗渴望安稳的心,不平凡的是对生活的热爱和追求梦想。对于生活中的强者的膜拜源于我们对自己内心不平凡因子的躁动不安。他们促使我们努力改变平庸,努力改变生活现状,使自己变得更好。因此不平凡就是在平凡中成就的。几乎所有不平凡的人,人生中99%的时间都在经历平凡和枯燥的煎熬。事实上,之所以不平凡,恰恰是因为他们具备度过平凡日子的能力。换句话说,不懂得如何在平凡的日子里坚持,就不会取得非凡的成就。而一心想要将子女摆脱平凡行列的父母,却从一开始就存在认识上的错误。

只有认清楚平凡与不平凡的自己,才能在有限的生命中选择自己的最优解,做到心中的最好。渴望改变、渴望不平凡本身就是一种不平凡。因为平凡,所以才有希望不平凡。一个人平凡,那是当然;一个人不平凡,那是偶然;所有人的日子都是平凡的,也才是必然。所以,有在平凡中攫取幸福的能力,就会过得快乐,反之就会更加平凡,乃至沦为平庸。能够在平凡的生活中快乐而幸福的人,就能够在平凡中成就不平凡。作为父母企图让孩子成为一个不平凡的人,或者至少希望他能过得快乐、幸福,那就先教会孩子在平凡中如何获取幸福吧!

孩子对一切都感到新奇,他们必须通过各种各样的尝试来探索这个陌生的世界。如果父母生硬地加以限制,就会使他们变得循规蹈矩,使他们的生命缺少活力、缺少生机,变得不聪明。其实生活就是一连串的实验。孩子在实验中取得进步,只要得到家长的认同,孩子做起事来就会劲头十足,家长的认同与鼓励是能够使他们取得进步的最有效的教育方式。如果当孩子表现出进步却连一声表扬也没有,反而还要挑出许许多多的毛病来,或者拿别人来作对比等等来打击孩子的积极性,使孩子丧失自信心,孩子的一腔热情就被你的一瓢冷水给浇灭了。或者只会表扬别人家的孩子,而忽略了自己家的孩子,就会使青春期的孩子认为:别人家的孩子什么都好,而自己什么都不好。所以教育孩子不注意方法和技巧,非但起不到应有的作用,有时还会适得其反。因此,表扬的目的是给孩子营造一种激励氛围,让孩子做了好事、完成某项任务时,能从中获得满足感和成就感。这也是孩子长大后从事工作和社会活动的原动力。所以不要吝啬你的表扬,慷慨地给予表扬,有助于培养孩子良好的习惯,增强自信心。

在本书中,我结合自己的青春经历,来书写青春期的困惑、成长和人际关系等,以期接近青春的生活,希望可以作为青少年的青春修炼手册。

目　　录

梦

  青春与梦想有着不解之缘。青春少年们,憧憬未来,追求梦想,也对未来充满幻想,让梦想连着未来。也只有梦想能让青春努力去拼搏、去奋斗,只要想想青春的梦想,再苦再累也值得。因此,梦想是成功的催化剂,是成功的源泉。

  这时期的青少年是井喷式的梦想,层层叠叠又斑驳,梦想与现实穿梭漫游。

  梦想是人类高等智慧生物的专属。人不但要有梦想,还要为梦想付出行动,才能对得起青春,才需要用尽青春的拼搏,换来一世的美丽,向世界展示你青春的美。

  梦想其实是一个哲学家都无法诠释的命题,它既是一个特定的具体目标,又是一个纯精神范畴的抽象概念。梦想是瓷器,精美易碎;梦想是火焰,在燃烧中展现美丽;梦想是多情的云，一触便泪如雨下；梦想是树，开出生命的花；梦想是花，结出生命的果实；梦想是一把利剑，能帮你扫清障碍；梦想是来无影去无踪的"隐形人"，无声无息，却潜藏在人心底最深处；梦想是一朵美丽又永远开不败的鲜花。梦想的天空永远没有落日，梦想就像一盏长明灯，无声地照亮平凡但不平淡的青春。梦想走的时候却总会带走太多的痴迷与眷念。

在青春追逐梦想的过程中所带来的喜悦是无法估量的，所以梦儿，好有魅力，好帅。让我追逐五彩的梦，我愿做一个追风的少男，肩扛风，脚踏土，用火热的一颗心写青春。一场接一场的梦，在无穷无尽的梦境里，让我在惊慌失措中忘记了该如何去留住青春的梦。然而在对梦想的追求中，往往会忽略了真正的方向，而醉心于梦想表面那浮光掠影的华丽，等来的当然是海市蜃楼的幻灭，在青春斑驳的心中刻下深深的烙印。也就明白了，梦想不能让人从现实中摆脱出来；但是却可以让人在梦想中潜伏下来。聪明的人不会只潜伏在梦想的虚无缥缈中，而是善于从实实在在的现实生活中抓住梦想的手，让它牵引自己，走向黎明，不再迷失。

而有的人不肯醒来，陶醉在自己编织的那些迷人的梦里，安慰自己，沉迷于梦，在梦里做着同样的梦，盘根错节，没有一丝清醒的迹象，永远不肯面对事实。在最潦倒的时候，他仍然津津有味地幻想着一连串美妙的梦。有梦想,活着再辛苦也甘心情愿去忍受,醒来时,为这个梦想而热泪盈眶,开始学会用世俗的眼光作考量。

考量生活原比感情更重要,只是不对身边的人与事做梦,太近的梦,容易实现也容易破灭。梦想的它睡在我身边但我却感觉不到它的存在,花蕾的沉默让我知道它已经不在了。青春没有多大的能耐使自己有关未来的设想得以实现。切肤之想不适合青春,遥不可及的事物才是永远不死的欲望。我只能祈求上帝不要把我带回现实来。

谁说青春不能生活在梦想里?谁的青春不迷茫?又有谁,不是生活在梦想里?那一丝丝的梦想,将破碎的青春重新织成完整的肉体,抚平现实严峻的伤痕,激励平庸而健康的青春,日复一日的在阳光下活着。活着对自己的青春会有共同的或类似的感受,所体验到的青春的迷惘并不是特殊的风景,而是人性结构中的一个必要的层次,它带给人生以痛苦,但同时也为人生积聚着力量。所以以理性的光芒照亮青春的迷惘。

梦想总是美丽和充满幻觉的,然而更多的时候能够成真的梦想也许只是极其微小的一部分。而现实却总是使梦想破碎,使人生留下一场虚无缥缈的扯淡。不知道什么是梦想,什么是现实,只是在阳光下打开灵魂之门任起伏的心潮自由地奔流着,不知道何处是生命的诺亚方舟,何处是天涯的尽头。是停留还是起航,远行即是一生的重任,开口就是未来的承诺,生命的真谛就是坚守住心中的那一块净土。平淡对待得失,冷眼看尽繁华,不被世俗的尘世污染,不让虚华的荣耀遮住青春的深邃的眼眸,不被浑浊和冷酷的现实同化,不要被安逸所控制,不要被别人所控制,不要被金钱所控制,不要被仇恨所控制,不要被表象所控制,所以,青春心中的这块净土绝能丢弃!让这块净土永远被皑皑白雪覆盖着,一尘不染,纯洁无瑕。心灵里连这么一小块净土也不保持的话,不就是行尸走肉吗?

既然青春的少年活着,就忘不了营造那个属于自己的梦,所以人人都应该有一个梦想,没有梦想,生命将会枯竭。人生最大的悲剧就在于梦想的消失。一个人一旦没有了梦想,也就预示着人生的浪漫剧降下了帷幕。所以说一个人什么都可以失去,但梦想却是谁也夺不走的,就算谁能消灭了我,却夺不走我做梦的自由。谁也不可阻挡。有梦也就意味着还有希望,还有未来。而有希望,有未来,自然也就有了生存下去的信心。

既然活下去,那青春的价值就不在于忙忙碌碌。它可以平凡,但不能平庸,它需要用心灵去体验和感悟。用梦想去选择和造就自己,人生就像通往梦想的拾级而上的台阶,每上一步,都会留下了一串串不同的脚印。一串串不华丽却持久、不璀璨却温馨、不光辉却让我回味无穷的脚印。我会珍藏这些脚印,因为即使我迷路了,我的脚印也会紧紧相随。梦想可以天花乱坠,可是青春却是一步一个脚印踩出来的坎坷道路。让梦想成真,是许多人实现自身价值的重要途径。人有梦想之后,要么长期犹豫中,迟迟拿不出实现梦想的具体行动;要么打退堂鼓;要么彻底放弃了梦想,再美好的梦想与目标,再完美的计划和方案,如果没有行动的支持,就无法真正把握住青春,因此所有的梦想都将成为泡影!

有了梦想并非能成功,但成功一定来源于梦想。不管梦想的大小,好的或者坏的都可以称为梦想,是成功的起点。没有梦想的人,就像一个局外人或者旁观者,永远都无法参与其中。梦想的世界里也决定一个人成就的高低,如果脚还能走动,如果心还有梦想,多高的墙都挡不住。千万不要放弃你的梦想,哪怕你再低能,也要告诉自己:梦想到底是什么? 想清楚了,就要有主动进取的精神,不要坐等梦想来敲门,要为实现梦想而主动找方法,千方百计寻找接近梦想的机会,或许机会就会降临在你的头上,让你离梦想更近一步。

每个人都应该有一个专属的梦想,怀着梦想生活,实实在在的生活就有了一双隐形的翅膀。带着青春飞过绝望,在现实中御风而行。梦想是必备的干粮,梦想不是缥缈的,梦想是向往,梦想是植根于土壤的植物上开出的美艳的花朵,是成长的追求中的体验和感悟的果实。青春多梦,年华流逝,梦想越来越少,越来越难以启齿。梦想在心中自生自灭,如果没有为梦想而行动,梦想只是空想。梦想可以实现,梦想可以幻灭,梦想是苦乐年华,梦想没有终结,可以生生不息。

请看这首诗:

如果命运有改变的理由,梦想能否是我今生的拥有,天若不尽人意我愿生死相随。

如果时光能为我停留,我宁愿一生在梦里走;如果岁月能为我等候,我会将所有的梦挽留。走在时光那无尽的河流去寻找我想要的梦想,不要在意那忧伤和哀愁都让它从我身边溜走。祝福我一生的所有。

这首诗是纯精神范畴的抽象概念。体现了丰富的想象力。想象力是起飞的翅膀,有了它,飞机才能飞向蓝天白云。每个孩子都有自己独立的想象空间。想象是以记忆中的形象为原料的,它的素材直接来自于客观现实和生活体验。父母应该精心培养,挖掘他们的宝藏,多为孩子提供丰富的想象材料。材料储存越丰富,越容易产生想象。材料的积累,主要在于多参加实践活动,扩大想象的空间;主要让他们多去公园,多看名胜古迹、模型、图片等等,通过这些活动来增加感性认识。爱因斯坦说过:"想象力比知识更重要,因为知识是有限的,而想象力概括着世界上的一切,推动着进步,而且是知识进化的源泉。"对于孩子来讲,充分发挥他们的想象力便是为日后的成功奠定了良好的基础。

可见,父母要想孩子在人生道路上永远立于不败之地,培养孩子的想象力是何等重要!如果没有知识和经验的想象,只能是空想,或者是胡思乱想。知识越丰富,想象越广阔。但丰富的知识不等于想象力,一般来说,学好知识有利于发展空间的想象力,所以说发展想象力的基础是丰富的知识与经验。

梦想,换一种说法就叫野心。野心是一种欲望和目标,是人行为的推动力,拥有野心可以有力量地摄取更多的资源。有野心已经是成功的一半,野心是永恒的特效药,是奇迹的萌发点。野心有多大,青春的舞台就有多大;野心有多远,青春就能走多远。野心可以帮助青春在人生的旅途上披荆斩棘,克服障碍;可以在顺境时不迷失方向,困境时不放弃奋斗,面对诱惑时不为之所动,野心是生命的承诺,是勇往直前;野心就是力量,是成功之本。人没有野心,就不能成就大事。野心多大,未来就有多宽广。野心需要与实力相伴,才有实现的可能。坚持梦想,才有机会证明自我,世界才能因你而不同。但世界上仍有不少人,终生都奔跑在从现实赶往梦想的道路上,他们在努力地改变自己,改变世界,这可能是一种遗憾,遗憾或许是美好的,美好的东西不一定要有结局。

能认识到自己有种种遗憾,勇于放弃不切实际的梦想而坦然无愧的人,可以说是完整的,知道自己够坚强,熬得过悲伤。人生并非上帝为人类设计的陷阱,好让他谴责我们的失败;人生也不是一盘棋,如果走错一步那么步步皆错。青少年的目标是所获多于所失,青少年天生都有这样或那样的不足,能如残缺之圆继续在人生之途滚动并品尝沿途滋味,就能达到他人渴望的完美。完美只是人的一种美好的愿望,苛求完美只能增添了痛苦。只有接受生命中的残缺和不完美,才能看得见生命的美丽。我相信,有梦想,活着就是精彩。

原谅生活中的不完美,因为人都有这样或者那样的不完美,正是不完美人生才会多姿多彩。如果一个人始终一帆风顺,只有欢声笑语,那人生还有什么意义?生活就是由无穷无尽的琐事构成,并不是每件事都能够做到最好,因此有些事让人无法忍受的不完美,才一起组成了青春生命的完美。

如果太过注重和执著于这些不完美而难过、悲伤、悔恨,那人生注定是不完美的。只有用一颗乐观的心态来看待不完美,并承认和原谅生活的不完美,你会发现,正是这些不完美一起组成了青春完美的生命,你才慢慢知道青春拥了什么,然后抱着积极乐观的心态,在不完美的生活中成就自己的完美。

梦想,不是想象的那么简单。梦想的力量可以让一个残疾人重新站起来;梦想的力量无人能挡,再大的困难都不能阻挡前进的步伐。有梦想对青春期的青少年的发展起到积极的推动作用,它是青少年能力的催化剂,能将青少年的各种潜能调动起来,将各部位的功能推进到最佳状态。所以说生命是上帝赋予每个人的最为独特也最具有创造性的礼物。在遭遇面前,挑战自我的愿望被不断放大,奇迹时刻都可能发生。因此,梦想可以让每一人感受到那股强大的内在力量,作为对勇敢者的肯定和回馈。因此,作为一个生命的勇敢者,不求别人鼓掌,也要飞翔;不求别人欣赏,也要芬芳;没有双目,也可以感受到阳光。所以生命从来不因为谁的贡献而变得多有价值,而是你对它的热爱,才和你勇敢追求的心一起升华。

如果没有目标,就等于没有梦想。有梦想的人,生活是火热的。因此,才有向前走的动力和指路的明灯。真实地面对自己,面对自己的梦想,选择自己的道路,去做自己想要做的事,过自己想要过的生活,看自己想看的世界,成为自己想要成为的那个人,为青春而活,今天会因你的选择而不同,生命也会因此多一道亮丽的风景,生命之花才会怒放。有时候为了追求梦想,把所有的东西都牺牲掉了,以为自己拥有了一切,但其实是一无所有的。我们时常自己跟自己过不去,不要跟自己过不去好不好! 为梦想活着,生涯才不茫然;有追求,生涯才有动力。设计你的职业生涯,就是将你梦想的人生化为现实的人生。

假如通往梦想的门是一扇金碧辉煌的大门,我们没有理由停下脚步;但假如通往梦想的门是一扇朴素的简陋的甚至是寒酸的门,该当如何?

青春千里迢迢而来,聚在一起学习,带着对梦想的憧憬、热望和孜孜不倦的追求,带着汗水、伤痕和一路的风尘,沧桑还没有洗脚,眼泪还没有揩干,沾满泥泞的双足拾级而上,凝望着梦想的实现,滚烫的心会陡然间冷却吗? 失望笼罩全身?

我绝不会收回对梦想的追求!

岁月更迭,悲欢交织,命运的跌打,令青春早已深深懂得什么是生命中最值得珍惜的宝贝:青春美就美在有梦相随。

只要梦想住在里面,简单的困难又如何,再大的困难又如何!梦想的笑容从没因身份的尊卑贵贱失去它明媚的光芒,而蝉就是那么平凡而又那么伟大。

蝉在地底下潜伏十几年,为了生存终归有一天钻出地面,只为一个月能飞能鸣,只因梦想依偎在柳树身上歌唱,所以它从地底出来了。为了追求自己的梦想,毅然放弃了上天赐给它的仅有的一次生存机会。惊叹之余不禁遐想,人真有轮回吗?人又该等多久才能来到世间呢?假如前世与来生都摸不着,抓不牢,那么我们该做的就是把握今生!今生正在实现,好不容易盼到了,还不好好把握?有什么比脚下踩的地更实在,有什么比今生更直接?今生都不积极地把握,凭什么展望来生;今生都不耕耘,凭什么盼望来生丰收?倾我最大力量,以我最真实的心灵把握我有限的今生和梦想。

青　春

　　青春是一个梦想的世界，每个人心中都藏着一个梦。青春也属于人生的一部分，人生最美好的时光莫过于青春。人生，从最一般的意义上说，就是一个人从生到死的生命活动历程和社会活动实践过程。人是人生的主体，而人生是人的具体展开。人首先是一个生命机体，这就是马克思所说的"人直接地是自然存在物"。人心、人性不是纯粹的生物物理世界，也不是生物本能。人从本质上说，是精神的动物，是文化的动物，他的复杂的精神世界不仅依靠先天的思维能力，更领悟复杂的文化世界的价值和意义。人的世界不仅仅是他们所把握的外部世界以及对这个世界的事实和规律的认识，他还有着复杂的内在精神世界，以及对世界的理解认识和把握。

人生分为哪几部分？

细分为六个阶段：

婴幼儿——幼儿园——幼儿时代

童年　——小学　——少年时代

青年　——初中、高中、大学——青春时代

壮年　——工作　——壮年时代

老年　——退休　——老年时代

暮年　——举步艰难至死——暮年时代

粗分，就是婴幼儿、青春、老年三个阶段。

如果人生的六个阶段好比是攀登珠穆朗玛峰的话，青春时代就登上了峰顶，是最美好的时光，是最耀眼的阳光，是为梦想奋斗的最美好的风景。正是那千万颗在青春中奋斗的心，以及那千万双在天空中高飞的翅膀，装扮着最美好、最美丽、最珍贵的人生起点，将青春变成人生最美好生活的出发点。

青春是美丽的，也是最容易受伤的，特别是对天生敏感的青少年。有时，一些旁人看来微不足道的伤害，却会留下终生不散的阴影，它所造成的伤痛是刻骨铭心的，纵使事件本身已经淡化，但它的影响却有可能深深地改变一个人的原本性情和其后的人生轨迹！这就是青春期孩子心理特征。

青春是一笔巨大的财富，谁利用了它，谁的人生价值就越大。不要以为你现实拥有的一切是理所当然的,可以随心所欲,你拥有青春就要肩负起青春赋予你的责任以及对父母对家庭的责任。青春的朝气蓬勃,青春的潇洒自在,青春的肆意风流,都在挥飞汗水的季节中奔涌着。

青春是奋斗的资本,这也是令人羡慕的资本,有着健康的体魄和旺盛的精力,撑得起一方蔚蓝的梦想,因此,趁着年轻现在就去奋斗,为以后的辉煌奠定基础。也告诫自己要努力把握好自己的人生航标,不要沉沦在风花雪月中,用自己的实际行动去谱写自己的青春,让它更绚丽多彩。

青春如同一粒种子,跟贪图安逸的麻雀和温室的花朵一样,安逸过后,也就从此丧失萌芽的活力。生命只给人一次青春,这个让人感慨万千的青春,正一步步向你们逼近,在短暂易逝又连绵无尽的时间之河里,青春的历史演绎了多少故事,也演绎了自己的辉煌,世界因青春发生了怎样的变迁而沧海桑田。

青春期是一个人逐步摆脱对父母的依赖走向独立的关键时期,也是一个人自我认识迅速增强的重要时刻。这个时期人生的一个重要任务就是学会自我认定。"自我认定"是指一个人对自己生理、心理特征的判断与评价。是自我意识的重要组成部分。人的"自我"包括生理自我、社会自我与心理自我三个部分。平时每个人对这三方面的"自我"都有一定的看法和评价。

例如,青春期的青少年因身体的矮小或者肥胖而苦恼,这就是生理方面不如别人,这就是他们对"生理自我"的认定;又如,青春期的青少年出生于高干家庭里,也很富裕,是炫耀的资本,这就是在为自己的"社会自我"而自豪;再如,有些青少年学习成绩差,脑子笨,因此而怀着深深的自卑感,这其实就是对自己的"心理自我"的负向认定。

由此可见,一个人的自我认定在生活中的各个方面,是非常具体和实在的。当然,生活中也有人缺乏自我认定的能力,他们无法作出对自己的判断与评定。有些青春期的少女,不知道自己究竟是美是丑。当别人夸她美丽时,便很高兴;而得知别人背后议论她长得很丑时,便很痛苦。做每一件事总是先听取别人的意见,做完之后又等着别人的评判,自己不知道好坏对错,而内心的天平经常受制于别人的评价摆荡不已,这些都是缺乏自我认定能力的表现。

首先,能正确认识自己的生理缺陷,接受自己,我就是我,是这个世界上独特的"这一个",愉快地接受生理上的我,才能发展社会自我和心理自我。

其次,能正确认定自我的人,并不在乎家庭地位,不会自卑畏缩。要深深知道，人生的道路是自己一步步走出来的，别人无法替代，即使最亲近的人也无法为你的生命写下光辉的一页。快乐一点，一点一点慢慢来。

能正确认定自我，能够坦诚而真实地面对自己的一切，不媚俗，不沉沦，不掩饰。做真实的自己，能够主宰自己、驾驭自己，而不会随波逐流。想要活得精彩，就一定要卸下面具，真实地对待自己，这样你才会从困境中走出，绽放美丽的生命之花；也许你会从此改变，真正掌握自己的命运。

青春期能否学会正确认识自我，关键在这一步，这一步便成了青春期少男少女们真正走向成熟的标志。

生命在于运动，青春也在于运动，运动会带给青春飞扬的信心，带给青春义无反顾一往直前的勇气。运动的功能在于能促进青春期的孩子智力潜能的最优化发展。运动有助于智力的发展，提高孩子的自信心、自尊心，能够让孩子在运动中找到乐趣。因此，要重视孩子的体育运动，培养孩子运动的乐趣，使孩子们享受积极健康的运动乐趣，让孩子能独立、乐观、勇敢地面对生活。运动也有利于促进全身血液循环，保障骨骼细胞充分营养，从而，促进生长激素分泌及肌肉、韧带和软骨的生长。此时，孩子在生理上处于生长发育和素质发展的敏感期，孩子的可塑性大，最容易接受成人的引导与训练,正是培养自觉锻炼身体习惯的好机会。

青春期的成长是不断创新的历程。青少年无时无刻不在通过所做的每一项决定来塑造青春的自己。塑造自己可以带给青春光芒,让青春看到生命中隐藏的希望和平凡中孕育着的辉煌。青春说白了,就是自己塑造自己,任何恶劣的环境,任何人为的打击都算不了什么;说穿了,青春的少年活着,就是活一种状态。青春有时候就像一场恶战,不能退缩,必须血战到底,从阴影中走出来的时候,感到坚强是最重要的。

青春有什么可担心,又有什么可失去的呢!想明白了,青春要行动起来,不是为了温饱,而是为了争取"存在"的价值。

要知道,青春脚下有大地,头顶有春阳,只要执著,就能像春阳般明澈澄净,像大地般旷达坦荡。青春具有纯真的激情与雄心壮志,为了梦想敢想敢闯敢说敢拼的大无畏的创造精神。纯真使青春有着美好的回忆,使心灵沉浸在青春的世界里,心便沸腾起来,青春就给予了你奋斗的精神。奋斗的青春是最美丽的。在此我相信今天的青春是用来奋斗的,昨天的青春是用来回忆的!奋斗的青春谱写出一曲曲动人的乐章!青春因充满奋斗和激情而洋溢着美好。如今,青春正在手中，因此不能容忍青春在自己的手中白白流逝，更不能在叹息声中虚度光阴；更不能容忍有些人的青春整日的纸醉金迷，吃喝玩乐，得过且过。青春只有在奋斗中展现美丽，在奋斗中展现辉煌。或许你家财万贯，不用奋斗父母会施舍一切，但你不会珍视的，因为来得太容易了，只有靠自己拼搏换取来的东西才会视若珍宝。因为得到的早已不仅仅是那东西，还有附加的汗水和智慧。因此，只有在奋斗中度过的青春才叫青春。因为奋斗，青春永远年轻。所以，奋斗是呐喊的青春，是不灭的希望，是成功的可能。

青春与追求结伴而行，没有追求，便失去了生活的航标，忙忙碌碌，留下无尽的彷徨和痛苦。倘若经过拼搏，仍然达不到梦想的彼岸，也莫惆怅，不一定每个目标都能实现，为他人或者后代的成功提供借鉴，也是追求的另一层含义。

虽然有遗憾，但如果青春为遗憾不断叹息，遗憾情结久久不能化解，则势必影响青春的生活。其实，青春的遗憾有的不可弥补，有的则通过努力可以弥补。有遗憾已经错了一步，就要认真吸取教训，总结经验，走出遗憾，弥补遗憾；而不是沉溺其中忘记了今天的存在。用今天的行动终止昨天的遗憾，才能真的无愧于昨天和明天，无愧于青春的人生。弥补遗憾还可以成为青春的动力，激励自己奋发向上，从而达到所追求的目标。若总是为遗憾所困，则是走错一步之后，还在一直错下去。还有的遗憾其实未必就是遗憾，不过是一种心理错觉，一旦戳破它，觉悟过来，也就不会再为之烦恼了。人生自古谁无憾，关键在于你能否善解遗憾结，告别遗憾，轻装上路。

青春是一个旅程，如果能够乘着兴致同行，不管路途多远，都是幸福而饶有风味的。青春又是短暂的、无常的、懵懵懂懂的，没有一个人敢保证自己能够活到明天，也没有一个人清楚自己还剩多少个"以后"，更不知道明天将会发生什么，所以不要给人生留下无法弥补的遗憾，趁现在还不太晚，赶紧去做那些你一直想要做的事情吧。每个人都应该学会珍惜，珍惜身边的一切，别到失去了的时候，才懂得拥有过的幸福。因此，就要努力珍惜当下所拥有的一切，充分发挥青春的最大价值，把青春的生命织成一张美丽的网。

现在的青少年没有一点时间观念，总是把要做的事情推到明天。这是他们对时间观念的理解不到位所导致的。因此对时间的三种形态中偏爱哪一种呢？在现在、过去、未来三种时间形态中，我们对现在和未来有些特别的情结。过去就像是一本翻不厌的书，让人忍不住的回味再回味，过去的痛苦或者悲哀，随时间的流逝，逐渐的消失殆尽，因此我们对过去,有一种回味的情结。因为无限的"过去"都以"现在"为归宿;无限的"未来"都以"现在"为渊源,过去和未来中间,现在就像是一本写满计划和行动的笔记,我们对未来,也有一种异想天开的情结。对未来的机会或期待,就像一张白纸,等待追求,等待坚持,等待这些美好的努力,最后画下一张多彩的画,对未来的危险和困难,很容易简化其各种关卡,往往自欺欺人。

在过去和未来之间,我们最不在意也不在乎的,就是现在。虚度了"现在",就等同于虚度了今天,也就在不知不觉中丧失了过去和未来。在永恒的时间里,对我们而言,最宝贵的就是现在;在回味和异想天开之间,我们最没有办法面对的往往也是现在。现在,是未来和过去之间架起的一座桥梁,是未来还没有到来之前的过渡,是过去还在徘徊不去的余韵。现在的美好,难比过去的荡气回肠,难比未来的令人雀跃;现在的痛苦,总比过去的更为真实,总比未来的更为切身。站在过去与未来之间,现在是至为关键的交叉点。如果不希望明天为今天哭泣,不希望将来为现在遗憾,那么请为过去付出艰辛的汗水,请为过去献出无悔的青春。当一切成为过去,你将会欣然微笑:自己的努力没有白费,自己的耕耘没有徒劳。当暮年之际,打开泛黄的记忆相册,历史尘封的,是我们的不老传说！

　　珍惜了现在，就等于延伸了自己生命的长度，升华了生命的意义。抛弃现在的人，现在也会抛弃你。而被现在抛弃的人，也就没有了未来。对于每个人来说，现在都是我们的资本，也是我们的机会。生活在现在，很多人总是在怨上天的不公，在叹息命运失意，然而，却没有注意到，最宝贵的时间正在埋怨与叹息中溜走，这是多么可惜！时间虽然不能增添一个人的寿命，然而珍惜光阴可以使生命变得更有价值。所以，好好对待现在的时间，让每一分、每一秒都留下自己辛勤的汗水，这样你就能体会到自己的富足和人生的快乐。

　　当然青春也有另一种状况，过去的痛苦永远是一道道越来越深的创伤，未来的困难永远是一步步越来越恐怖的陷阱。这些人从另一个方向对时间做了太多取舍，结果是忘记了现在，轻忽了现在。所以不能让时间白白流失，人生百年，几度春秋。向前看，仿佛时间悠悠无边；猛回首，方知生命挥手瞬间。昨天带着回忆默默地逝去了，今天携着梦想悄悄地来临了。要珍惜时间，就要珍惜现在，珍惜今天。只有珍惜今天，才能把握住宝贵的时间和生命。

　　对时间的这种偏爱，真是很大的偏差。如果真要有所偏爱，我们应该偏爱的是现在。再好的、再坏的过去，也已经过去了,和现在的我们无所相干;再好的、再坏的未来,也尚未到来,我们不必因而手舞足蹈或心惊胆战。只有现在的快乐,是最需要体会的;只有现在的困难,是最需要解决的;只有现在的机会,是最可以掌握的。除了现在,我们别无所有。

当我们可以如此认识的时候,也就会发现:当现在流逝为过去的时候,我们可以增添多少美丽的回忆;当未来转化为现在的时候,我们可以兑现多少的机会。所以要把握现在,面对现实,忘记过去,展望明天,绽放梦想。

梦想和欲望有着不解之缘,两者是一样的,往往共存。梦想是一种欲望,欲望也是一份梦想,因为有欲望才会有梦想,梦想是欲望的载体。欲望穿上美丽的外衣就叫梦想,所以说,正确的欲望叫梦想,错误的梦想叫欲望。

欲望的罂粟是一次美丽的花开,风姿绰约,丽质天然,的确其艳无比,仿佛又闻到了那股特别的香味,还隐藏着一种看不见的能量,一种难以抵挡的迷惑。它常常在你情绪不稳定的时候出现,让你受尽折磨,在与理性反复较量中,渐渐分泌出毒汁,在人的心灵和体力失去抵抗能力的情况下,将人的理性毒倒在地。

青春不可能在没有梦想的现实生活中活着,关键是认清梦想存在的合理性和必然性。所以欲望无限地蔓延与扩张,要在不危害生命和心灵健康的前提下,尽量少染指罂粟的汁液。这或许也是一种生存的选择与智慧。由此可见欲望有双面性:一面是天使,催人上进的力量,使人走向成功;另一面是恶魔,控制着人的心智,把人引向地狱。只有理智控制和跨过欲望才能走进天堂。每个人都想在有限的生命里展示自己的风采与辉煌,同时要有抵抗诱惑的能力,避开人性的弱点和现实的弊病。在这物欲横流的时代,多少人在灯红酒绿的奢靡生活中迷失自我。所以,人生不能滥用自由,恰当地约束本性中那偏执的、不好的一面,用最大的能量克制欲望,有克制才能有成就。所以,一个人只有控制欲望,用理智支配欲望,才能赢得真正的快乐和幸福。

青春期的青少年属于社会中的弱势群体,很容易受到来自外界的侵害。什么意想不到的事情都可能发生,所以,青春的孩子要学会自救、防卫的常识。让他们拥有一定的自我保护能力,防患于未然,对于孩子有益无害。社会是复杂的,各种危险有时从天而降,即使生活在和平、安宁的环境中,也难免遇到各种各样的险境,受到各种各样的意外伤害。如果青春期的青少年完全没有一点防范意识和自我保护能力,身处险境,孩子就会变得束手无策,成为任人宰割的羔羊,甚至失去宝贵的生命。当遭遇到坏人时,就不要与歹徒硬拼,应该智取或者作迂回的斗争,即使手里拿着非常重要的东西,也不应该和其发生正面冲突,最好是舍去保命,因为生命高于一切,世上没有任何东西比生命更重要。所以说,培养青少年的防范意识,提高自我保护能力,对青春期的孩子以后走向社会有着不可估量的作用。

青春时期是培养健康人生感情的宝贵时机。青春期的青少年由于生理的迅速趋向成熟与心理的不成熟带来了行为上的社会不适应现象;理智的不成熟与感情的活跃也造成了理智与感情失衡的现象:常常处于一种不安定状态,易受外界的影响,有时可能采取偏激的行为。他们的思想非常敏感,容易接受进步思想,他们迫切期望理智的成熟。这是青春期的青少年人生发展的必经阶段,同世界上的所有事物一样,其成熟必须有一个过程。对青春期这种理智与感情的失衡问题,不能听之任之,一味迁就,又不必求全责备。青春期的弱点,也是优势:思想、感情不稳定,但是他们最少保守思想,具有很大的发展潜力,发挥得好,就能创造人生业绩,实现人生的幸福和自由。

青春时期的孩子情绪暴躁易怒。因为身体的迅速发育,出现了成人的体貌特征,这种生理上的变化发生得过于突然,使他们在持有一种惶惑感觉的同时,自觉或不自觉地将自己的思想从一直嬉戏于其中的客观世界中抽回了很大一部分,重新指向主观世界,使思想意识再一次进入自我,从而导致自我意识的第二次飞跃:自我意识的突然高涨是导致青春期的孩子出现反抗心理的主要原因。他们更倾向于维护良好的自我形象,追求独立和自尊,但他们的某些想法及行为不能被现实所接受,屡遭挫折,于是就产生一种过于偏激的想法,认为其行动的障碍来自成人,便产生了反抗心理而暴躁易怒。因此,父母应充分了解孩子情绪变化的原因,及时疏导孩子的不良情绪,不要等到孩子的不良情绪影响到未来前途;要多和孩子交流,找出问题所在,及时开导孩子走出性格误区。

青春期的孩子易怒是一件危险的事情。他们常常会选择生气和发怒,貌似强有力地爆发和反抗,实则是一种软弱无能的体现,不仅会让事态越来越糟,还会影响自己与周围人的情绪和健康;他们常常会丧失理智,在愤怒的时候,智商最低,特别容易做出冲动的傻事,在愤怒的关头,他们往往会自以为是,作出非常武断的决定,就会犯下不可补救的错,这种冲动行为的危害性不可估量。因为愤怒,他们付出了冲动的代价,承受了生命不可承受之重。为了摆脱怒火的炙烤,在气愤时刻,他们需要冷静、理智,用强大的内心去战胜愤怒的恶魔,唤醒驾驭自我的理智,清醒地明辨一切,抛开生气、愤怒、焦躁、悲愁,作出最正确的选择。用平和的自己打败暴躁的自己,用大度的自己打败狭隘的自己,用博爱的自己打败怨恨的自己,用不生气的自己打败生气的自己。潜心学会不生气的智慧,就像闭关修炼一样,放开一切杂念,走进不生气的世界,看看不生气的智者站在情绪的最高端如何为青春期的青少年指点江山,化愤怒为祥和。因此,唯有心平气和才能有助于修身养性,才能有好的未来。

青春是基础,命运是多与基础无关或者相关的升华;青春是积累,命运是多与积累无关的突变;青春是命运的交响曲,在五线谱上,跳动着一个个音符,那正是挫折和困难的高低不平的音符,正演奏出最完美最动听的音乐,是青春的旋律,更是品尝生活的五味杂陈,是接受人生的洗礼,感受着奋斗与成长的幸福。吹响青春的音符吧!用时代最乐观的舞步,现代最优美的音符去演绎你们的青春。让青春的音符在你人生的这一段奏出最华丽的乐章,成为一部绚丽的青春史诗,成为未来的缅怀,让过去的青春梦延续。让梦想点亮青春,奋斗改变命运,不做生活的弱者、命运的奴隶,不辜负青春,用青春活力和满腔热血奋斗在每一个角落,让青春聚沙成塔,让梦想百年荣耀。

青春态度是顺乎自然,物我两忘,达到"天地与我并生,万物与我为一"。我等寻常之辈,要想让青春充实一点,让生活质量高一点,最现实而又较积极的做法是"择其善者而从之,其不善者而改之"。凡事不轻言放弃,看淡得失,快乐一点,一点一点慢慢来,以一颗平常心,一步一步地去实现,一点一点拉近与目标的距离,若想一步登天则可能事与愿违,凡事都要脚踏实地去做,不驰于空想,不骛于虚声。

青春只有一次,不管亮丽还是黯淡,它会改写你一生的命运,高贵和平庸取决于自己,千万要珍重青春。

青春是生命旅途中最关键的黄金驿站;青春,如童话般美丽的年华,凝聚着多少对未来的向往;青春是让心中热血燃烧的时代;青春是冲动;青春是永远浇不灭的火。青春本来就是这个模样,就像那冷冷热热的四季,就像那圆圆缺缺的月亮。正眼看青春,心底就装得下大海、高山,不必在昨天的光环中流连忘返。多些包容与宽恕,把脚步迈得更大,把眼光放得更远。当阳光一天比一天温暖,当春风一天比一天滋润,那些缩在冬夜的热血期盼与久久的期待,终究会因我们的不断耕耘,不断捕捉,而化为秋天那份金色的收获。

青春如指缝间的细沙一点一滴地往下漏,残酷地拖走了青春的美丽年华,手掌里更不曾留下丝毫痕迹。也许是岁月的熏染,时光的无情流转,青春少年从一个时时事事后悔的人,渐渐磨炼得有点麻木了,却在心底平添一抹淡淡的哀伤。呈现在面前的青春,表面上很顽强,其实内心一团糟,外表平静是骗自己,不敢面对狂乱的那个自己,又不能回到平静的过去。空虚占据青春的心灵,青春与泪水来不及回顾,和时间赛跑来去都匆匆,泪水藏在心里,欢笑留给未来。添改是岁月的专长,有谁不变个模样。不知道为什么会这样,青春不是我们想象的那样,回忆内似是梦一场,长夜雨水似因我们淌泪,令我们真心流露,把无数的祝福再次收藏起来,笑容只是一种掩饰,面对着这秋雨敞开的心扉,懂得了青春是什么:青春是一场甜美的苦役;青春也是一场倾城盛宴,浓妆艳抹着登场,又奢华低调着落幕,却始终与寂寞有染。

青春期是由儿童发育为成人的过渡时期,从医学研究的定义讲,青春期男性是13~19岁,女性是12~18岁。世界卫生组织将12~20岁定义为青春期。是生理、心理及社会适应能力从不成熟趋向成熟的发展时期。这时孩子慢慢长大，某些情感会自然而然地滋生，伴随着生理与心理上的需要，加上社会的影响和启蒙，难免对异性产生"爱恋之情"，也就是所谓的"早恋"。对家长来说，应该把这看成一件普通的事情，切忌粗暴地压制或者大动干戈、拳脚相加，这些做法会使孩子感到强烈的屈辱和压力，结果往往不令人满意。有的表面顺从，却将憎恨埋藏在心里；有的由"公开"转入"地下"，在鄙视的压力下，自暴自弃，悲观失望，最后变成了失足少年。其实，孩子的早恋大多是青春期的朦胧的、单纯的爱，他们对两性间的爱慕似懂非懂，不知如何去爱，只觉得和对方在一起很快乐，被对方所吸引，缺乏成年人谈恋爱的深沉而理智的考虑。因此，这时就需要家长的有效疏导，要科学地引导孩子。尽量以防为主。要让孩子知道，早晚有一天，你是要谈恋爱的，过早谈恋爱对自己百害无一利，虽然你们两个人在一起很开心，感觉很幸福，这也许只是昙花一现罢了，你会失去很多：失去梦想，失去自己想要的生活。早恋只不过是自己意志抵挡不住荷尔蒙的诱惑而衍生出来的一切。所以，这个阶段要集中精力于自己的学业，争取实现青春梦想。因为人生每个阶段有每个阶段要做的事，也享受着每个阶段的不一样的滋味,如果过早谈恋爱就失去了品尝这个阶段人生滋味的机会,在人生道路上就缺少一种味道,是不完美的人生。因此,在青春期阶段,多自学一点必要的生理和性科学的知识,大大方方地与异性交往,增加理智的意识,学会自我调节与控制感情。

青春期是培养孩子宠爱一下自己的时期。宠爱自己的真正用意,应该是爱自己,也就是自爱。真正的自爱,是建立在坦白地正视自己真正的感受上的,这不仅需要勇气,更要绝对的诚实。诚实地面对自己,选择自己想要的,不曲意承欢、委曲求全,不刻意为讨好别人而压抑自己,沦为环境的牺牲品,在百般无奈中怨叹。在面对自己之前,必须要先了解自己,爱自己,不管别人怎么看你,务必相信,你是唯一的,你是一个有价值、值得爱的人。爱自己并不表示自怜或放纵,而是接受自己,包括自己的缺点;鼓励自己向着成熟迈步,明白这个世界上我们除了依赖自己,还有友情、亲情的宠爱,但我们要切实体会和把握的是我们对自己的关注。我们要学会不要把希冀寄望于别人,而是真真切切地用自己的双手去创造,去把握。

我们常常会将宠爱自己解释为"自我放纵",但这不是爱自己,而是恨自己。错误的放纵,实际上等于自毁,自我窒息。譬如暴饮暴食、烟酒过度、生活不规律、不运动、不吸收新知识等等这些行为都是在虐待自己，伤害自己，这样的放纵，绝不是宠爱自己，而是害自己，跟自己过不去，更是对自己的不尊重。真爱应当是健康的，给人自由、愉悦的感觉的。也唯有在自由的气氛下，爱才得以滋长，对别人如此，爱自己也一样。要爱自己爱得正确健康，首先要让自己自由，时时倾听自己和内在的自我对话，诚实地面对内心深处的各种欲念，因此，宠爱自己，让自己每天进步一点点；让自己每天更快乐；让自己在这个复杂的世界能够坚强生活；选择自己想要的世界；活出自己的样子，所以好好善待自己，活着并不是只为了自己，还有世界上最为弥足珍贵的亲情、友情。不过这个世界上除了自己，没有谁能真正的拯救自己。

　　青春期的青少年所处的环境每个人都无法选择，一切只靠自己。生活在逆境中的人，是否对困难有免疫力；生活在顺境中的人，是否对一直保护你的人说声不必了，自己的事自己会解决。成长和出人才的本质是一样的，顺境和逆境也都是一个生命历程，最重要的是人是否勤奋，是否对学习有兴趣。所以无论你生活在哪种环境中，未来是由你来画上圆满一笔的，人生的卷轴可以让你把所有的努力变为五彩缤纷的色彩，装点在上面，成为一幅独一无二的佳作。这些，将会让你懂得人生的意义。

其实，顺境、逆境，从来都不是绝对的东西。何谓顺境，说的是心情愉快，得到所有自己想要的东西，并且看得到前路的希望，何又所谓逆境呢？是否就是刚好相反，每天在不喜欢的现实中磕磕碰碰，处处有人为难自己，很想一个东西却偏得不到，明明已到手的东西，却突然不翼而飞呢？

为什么处在顺境和优越条件下的人们往往要为成功付出代价？他们缺少的是什么？客观看，他们缺少的是适当的压力。压力太小导致刺激太弱，因而也便削弱了当事者适应和进取的动力。因此，压力是每个人生活中不可缺少的一部分，压力是生活的刺激，它使我们振作，使我们生存。早年的优越条件无疑会释去沉重的压力，不利于当事者坚强性格的形成，也使之缺乏进取精神，不敢承受风险。说到底，是动因刺激的削弱和进取目标的丧失导致顺境中鲜有成功者。

相反因为苦难、逆境产生和造就了一些伟大人物，在很多人的心目中便产生了一种对苦难和逆境的崇拜。但这种崇拜往往是盲目和消极的。首先，一种积极健康的人生，即使走入顺境也要努力为自己设置新的高尚目标，在追求这一目标中迎接新的困难和障碍,从而发展和显示自己的人格,而不可以也不可能倒退或停留在困苦中去保持心志。其次,逆境远非造就一种积极人格的充分条件,无数处在困苦和逆境中的人们没有任何改变现状的动力。仅就客观环境而论,我们至少可为这种缺乏刺激的逆境找到两个原因:一环境是封闭的,没有对比的苦难不会给当事者更多的刺激;二环境是窒息的,处在其中的人看不到任何改变和跳跃出这一环境的机会,于是他们认命了。逆境中的压力可以成就一些人,却也可能摧毁一些人。逆境中产生的过度的自卑会瓦解一个人的活力。不同的环境对人们的作用是不同的。顺境与逆境,苦难与舒适使青少年付出的代价是不同的。

青少年要激发学习的兴趣,而不是强制地学习。兴趣是学习的第一动力,是学习的催化剂,也是最好的老师;兴趣好比路灯,引导你走向成功;兴趣好比船桨,带着你驶向远方;兴趣好比是一双羽翼,领着你翱翔天际。所以,有了兴趣青春才会发现生命本质与色彩;有了兴趣,才可激发人的创造热情、好奇心和求知欲。由百折不挠的梦想所支持的青春的意志,比那些似乎是无敌的物质力量有更强大的威力。因此,无论前方有多么大的困难与挫折,青春都会勇往直前,永不退缩,青春也会为心中的梦想矢志不渝地努力,最终才会有所成就。有了兴趣的力量,无论做什么事情,即使前方是风雨是雷电,都心甘情愿地去做,那股兴趣的暖流会支撑青春,驶向梦想的远方。感谢兴趣陪伴青春的日子,让青春领悟到幸福。发现并寻找青春的兴趣吧!为了青春的兴趣而努力奋斗,没有任何理由不让青春成功。

生　命

　　青春如果没有了生命就没有一切,失去自我、失去生活的权利。我们要热爱生命。生命的价值来源于青春对梦想的不懈追求,在追求的过程中表达得淋漓尽致。生命是无价之宝,是任何东西都无法代替的,因为每个人的生命只有一次,一旦失去了,便无法复生,一去不返。生命是短暂的,也是非常宝贵的。我们要珍惜生命中的每一个时刻,不要浪费生命中的每一个日子,每一个美好的瞬间,不然失去了,你再也无法挽回。

　　你的生命也是父母亲生命的传递、延续,你的生命中或多或少有父母的影子,因为你的身体里承接了父母的遗传基因。所以,你的生命不仅属于你自己,它还属于父母、兄弟姐妹、亲朋好友和所有关心你的人。因此我们不仅仅为自己、为家庭而活着,还要为父母和关心你的人而好好活着。生命注定互相连接和互相拥有,由此可看出生命乃父母所赐,你只能有使用权,没有自毁和糟蹋的权力。珍惜生命吧!千万不要产生轻生的念头。生命仅有一次,不要以死抗议和以死泄愤以及以死解脱等等最愚蠢、最自私、最不可取的方法来结束自己的生命。应该停下来想一想,为家庭想一想,为父母亲想一想。父母给你生命,一把屎一把尿地将你拉扯大,付出了无数心血。所以,尊重自己的生命,就是不让生命成为父母的眼泪;也是尊重别人的生命,因为你而承担着家庭的责任。

生命是一种过程,谁也无法超越。无论是出生于豪门深宅,还是穷家陋室,向人世间报到的第一声必定是嘹亮的啼哭。从咿呀学语到蹒跚学步,你必须在大人的帮助下,完成属于你的生命初始阶段的探索。从一个青春少年随年华演变成风姿绰约的青年人,再沦为臃肿中年人最终变成沉没的泰坦尼克号里露丝晚年那张经纬纵横的老脸,是一个幻起幻灭的消亡过程,是生命的起始、完美然后残缺。最后化为一堆骨头,如果把它撒向大海还比较浪漫一点,起码灵魂活动的空间要大很多。每个人的生命历程必然要被时间轮船载着驶向不同的港湾。岁月的痕迹实在是无处不在的,岁月就像无孔不入的水,在你一个个不经意的瞬间,它就将自己的身影显露了出来。你拼命的与这个厌物抗争,千方百计的要在你的身体里将它击败,在很短暂的时间里,你似乎将它打败了,但最终还是敌不过岁月这个厌物,无人能阻挡,只好眼睁睁地让时间之水将成为天才的机会汩汩流向那些成功者。

要么随波逐流,人云亦云,让生命在自己手中变成一张白纸,在时间的风里飘来荡去;要么另辟蹊径,按照预定的设想选择一条属于自己的路,哪怕磨烂双脚也义无反顾,这时要耐得住孤单和寂寞,但奉献给人类的却是美好的——也许什么都没有,只有你生命的充实。作为平凡人,最重要的是把握自己,当生命的过程临近尾声时,回首自己走过的路,你只要说一句"我努力过,奋斗过,此生无悔矣",你的生命便结出了虽不丰硕但却饱满的果实。

开启智慧,掬一捧水,月亮美丽的脸就会笑在掌心;苍天的月亮太高,凡尘的力量难以企及。一种极强的生活责任心鼓起的勇气,它不仅包藏着求生的愿望,还体现着探索精神、不屈服的意志,以及不达目的誓不罢休的决心。这就是你的生命有一套自己专属的价值观,有　个足以让思维自由闯荡的空间,有自己的精神认知。这也许不能改善你饭菜的味道,但对生命来说这个精神认知至为重要。人生又何尝不是如此！在人生路上，每个人不都是在不断地累积东西吗？这些东西，有的早该丢弃而未丢弃，有的则是早该储存而未储存，这也是一种凌空摆荡。有时候凌空摆荡浪费时间而仍然不会有结果。

生命就是这样常常有进退两难的局面，与其夹在中间等死，倒不如别浪费支撑的精力，将全部精力付诸一搏，就算搏得十万分之一的机会，毕竟还是有一线生机。因为等待和犹豫不决会使机会变得触不可及，它也就成为了你生命中的过客。因此，很多时候，犹豫不决真要比堕落还要消极，人性时常处于分裂状态之下耗掉了一生。这种"惯于凌空"的人，最熟悉的恐怕就是自己一脸无奈的表情和那些多余的自我解释。但生命总有个期限，谁能敌得过它呢？如果你能付诸一搏，把握住那一线生机，那你可以做到许多他人无法做也无法想象的事。

我相信生命中某些事是人所不能控制的，但同时我也相信有些事在某种程度上是可以控制的。因此，生命中有些事事与愿违，请相信上天一定是另有安排的，我们要学会接受而不是耿耿于怀。每一个真正强大起来的人，都咬着牙度过一段没人帮忙、没人支持的日子。所有事情都是自己一个人撑,所有情绪都是只有自己知道。但只要咬牙撑过去,一切都不一样了。坚持下去,活着不是靠泪水博得同情,而是靠汗水赢得掌声。无论这个世界对你怎样,都请你一如既往地奋斗和充满希望,坚持到底！没有谁会把我们变得越来越好,时间也只是陪衬,支撑我们变得越来越好的是我们自己不断进步的知识、修养、品行以及不断地反思和修正。像草一样生长,像花一样绽放,所以,当生命走到哪一个阶段,都要喜欢那一段的时光,完成那一阶段完成的职责,不沉沦,不狂热地期待着未来,生命这样就好。微笑着过好生命中的每一个阶段,每一个时光都是最好的,生命对于每一个时光都得珍惜,平静地期待未来。每一个今天都是余生中最年轻的一天。昨天回不去,过度消极会影响今天的生活。过去的已经过去,未来的还未到来。明天的一切都藏在现在,今天的痛苦也许是明天的辉煌。沉淀心灵,放下过去,时刻告诫自己:把握好每一个今天才是享受生活的王道。杞人忧天不利于迈开步伐,最好的就是把每一个今天过得像阳光一样明亮,像大地一样辽阔,像天空一样蔚蓝,心中永远不灭对未来的希望和梦想。

人生在世,要志存高远,以有德有才的先贤作为榜样完善自我,要抛弃那些庸俗的情欲,要磨炼自己的性格,能屈能伸。人生之旅,难以一帆风顺,难免磕磕碰碰。在走向生命尽头的道路上,有困顿、有失意,有磨难的社会大舞台;在人生竞技场,即使倒了霉,受了困,也要昂起你那高贵的头颅,走向那人潮人海。即使前路迷茫,即使美梦难圆,也要坚持自己的青春目标,实现心中的梦想。漫漫长路起伏不能由你,在你坚持的未来,会有人为你骄傲,命运也会对你微笑,会让你走向成功,走向辉煌!

因此,你要懂得珍惜,要记住:你生活的每一天都是崭新生命的开始;生命像一首歌,不在于长,而在于好。生命的意义就在于追求;生命的价值取决于奋斗。奋斗在不甘寂寞中周而复始,因此,人生之旅才会留下清晰的脚印,生命也因智慧而精彩。对于普普通通的大多数,尽一份责任,过一份日子,为每一个微小愿望的实现而喜悦,而赞美生的美好;为每一个微小的不如意而沮丧,而诅咒命运的不公平。想一想生的偶然和每个人都无法回避的死亡,都会有跟这个世界冰释前嫌的悟性。让身心沐浴在平和和充满感性的月色中,好好活下去,生命真的不长,但是可以好。

生命是属于未知的,前途未卜才激发渴望冒险的进取心,胜负难分才有惊心动魄的白刃战,无限魅力的未知将来使人可以忍受无边的苦难而满怀希望。

有价值的人生要有深刻的思维和崇高的激情,尤其要赋予人生以性格,乃至狂热! 放心,狂热不会毁灭人生,不会毁灭一切,毁灭一切的倒是冷酷。

生命有限,拼搏无限,生命的真正价值在于拼搏。每个人的生命都有自己的极限,超过这个极限可能就会招致厄运。那种只贪求高度和长度,而不注重厚度和深度的人生,不是我所期待的;至于直干云霄长风漫卷,以及无所顾忌的贪婪,则是对生命的虚度和愧疚。惜乎并非所有的人都知道生命的度和事物的临界点,也许爱因斯坦会懂。

善待生命最好的方式是自我超越。自我超越不仅仅指对自我的改善,而且是自我对有限生命的突破。自我能够实现超越因为自我可以审视过去及未来,可以认清自己在目前的处境,可以审视自己和批评自己。自我超越亦即是主体能意识到自己的潜能和使命,自觉地赋予自己有限的生命以更为充实和丰厚的意蕴,是自我存在价值的提升与显发。

自我超越换一种说法就是冒险。冒险并不是孤注一掷,并不是走极端。冒险其实是一种哲学的理性的事业,换句话说,冒险也是一种自我的超越与创造。冒险也是要在苦难中挣扎的。也就能明白那种飞离尘世,摆脱现实,向往自由的心愿与渴望,即使在梦里,也常常飞上天去。

这也是对自己的生命拥有比你想象得更多的主宰权,使生命不是一副空虚的躯壳,使那充满灵性的生命积蓄着无限的可能。生命因为有了不断地追求,不断地争取,不断地奋斗,才变得愈加精彩。这种精神注入灵魂,不求活得轰轰烈烈,不求做出惊天动地的大事,但求青春有存在的意义,不枉费青春,不白走人世间一趟。

事实上,你可以运用这种心灵的力量,来决定你的梦想。甚至,如果你选择活下去,你还可以决定要什么样的生命品质。当你设定一个目标时,必须先在心里想象自己实现目标时的情境,描绘出一幅成功的景象,并随时将那幅景象摆在脑海中。有一种极强的生活责任心和鼓起的勇气,包藏着求成功的愿望,也体现了一种积极向上的精神、不服输的意志,以及不达目标誓不罢休的决心。如此,总有一天你的梦想就会变成现实。

这就是潜意识。潜意识无法直接被使用,是人脑中记忆没有被整理完全的意识,整理完成之后,就可以用来思考了。说白了潜意识就是意识的潜力,潜力靠挖掘才能释放巨大的能量。改造世界的力量在自己的潜意识中,它蕴藏着无穷的智慧和力量。潜意识是一种庞大的力量,某种含义上它可以主宰人的意识。混乱的内心表明人的潜意识被压抑得太厉害了，所以要穿越生命中的障碍。这些障碍是：固定信念、固定情绪、固定行为和固定形象。生命在训练课所提供的环境中发生蜕变：身体只是生命的行旅，灵魂的驿站，而非人类真正的安身立命之所。所以生命真的不可以再来一次，以有限追求无限。请珍惜活着的感觉。

　　每一个过程的句号都是另一旅程的起始。安定下来何尝不是另一种人生的历程。人生的历程要脚踏实地地积蓄力量，来达到个人心灵力量的增长。无尽的失望乃至绝望使人失去了理性的从容、情感的平和与智慧的远见，而越来越热衷于立竿见影的速成法。这就是对事物的过度关注，都会导致事与愿违。身体的无病呻吟与灵魂的无病呻吟同样可笑，而且所有的无病呻吟，最后都会变成货真价实的有病呻吟。

　　生活其实也像石头一样，每一个普通的人都有属于自己的生命轨迹，都有自己的"人生纹路"。寻找它，抓住它，执著的奋力敲击，就会成功。人生的路，每一个普通的人都负重前行。可是要找到那条真正适合自己的生命"纹路"，又是一件多么艰难的事情。因此，在这漫长的有生之年，常怀着一种对生命的危机感，也许我们会少一些遗憾。缺乏激情的艺术必然失去崇高的震撼力,缺乏激情的生命也不可能实现有质量的人生。一个人到了走投无路的时候,即使最渺茫的希望,也会被看做是救命的稻草。这救命稻草就是勇于出列,才有机会被人赏识。人就应该这样对自己的生命负责,应该把自己的人生过得像个样子来。当在厄运中能够抬起头来,在这一瞬间就已经如此辉煌。

昔日的辉煌与惨淡,曾经的无助与梦想,历史在这里被浏览,岁月在这里被还原。我们泪眼婆娑,终于明白,一个人无论处在什么样的时代与环境中,在物质之外都有自己或直白或隐蔽的人生取向与价值认同,不必自寻烦恼,可以选择更多的生存方式。罗素说得好:参差多态乃幸福的源泉。

生命也像一张白纸,等待你用血水、汗水和泪水去描绘自己奋斗与拼搏的轨迹。这就犹如光阴从你身边一日一日地溜走,并且永不复还。鉴于此,你必须珍惜自己的生命时光。人世间到处都充满着智力斗争,生命的每一个环节都是一场智力的考验。就像往事一件一件,撕碎的羽毛在岁月的天空中飘扬。生命中一切不能承受的东西向我们袭来,这个梦扇动着罗纱似的翅膀在我们的周围旋转,许多原本神秘、黯淡的东西开始变得清晰起来。生命就是这样,生命不可能再将其跨越到另一个新世纪里。除了争分夺秒,知难而进,还要指望梦想。一株枯草为何不能相信春天会来临,为什么不指望于未来的岁月,并确信将会实现的一切呢!而冬天的枯草不会恢复以往的翠绿,它只能等待来年的春天;枯草不会记得那逝去的岁月,它只能等待未来的时光。

在茫茫的雪原里,当脚插在雪堆里,往后看时,发现留在雪地里的脚印使人惊讶:付出勇气和信心走出来的脚印,似乎是生命的某种暗示,也许领悟不透生活的无常,却时时在打扫这些脚印,它们是我们能力锻炼的阅历,却不能长留于世;前路茫茫路难行,开拓前路需要更大的勇气和信心,但退回原路却是不可能,向前还是退后,备感生命无常,人生多变,但不管怎么样生命总是充满希望的。这说明了生命里重要的不是努力的历程,而是努力的结果,历程最终会灰飞烟灭,结果却能放在心里,长留于世。

青春期的青少年总以自己为中心,以现在为中心,认为只有现在的自己最真实最正确,不去检讨过去和现在,不把尘封已久的岁月摊在眼前,也就不能觉察到自己性格、容貌、品行等等在悄悄变化。每天有每天的情绪,每年有每年的性格,如同人时时刻刻有不同的遭遇一样。不把过去心灵的照片拿到今天比较,谁也难以相信自己变化有那么大呢!昔日小孩今日青年,昔日壮怀今日猥琐,昔日柔情今日刚愎。年龄愈来愈大,却忘了更大的世界,也忘了死神一步步逼近。当有一天,就要离开这个大千世界时,你会恋恋不舍,常常在思考过去,觉得自己活了一生的所有在脑海里的时光底片在眼前一幕幕变得那么模糊,也就觉得人生如此短暂,短暂到自己的一生,似乎才活了几天而已!

生命对于我们每个人而言,都是一个未知的谜。生活就是我们走过的过程。在这个过程中,我们会遇到许多的苦难和悲伤,它就像一把把火焰,炙烤着我们的生命。我们还要坚强微笑地面对以后的生活。因为人最宝贵的是生命,只要我们还有呼吸,我们就可以再次站起来,创造新的生活。只要活着,我们可以再次鼓起勇气去接近梦想;只要活着,我们可以再次扬起头去接受挑战;只要活着,我们可以再次燃起希望;只要活着,我们可以再次扛起旗帜迎接挑战。生命是神圣的,也是充满奇迹的。无论什么时候,我们都不能有放弃生命的念头。在强大的生的信念下,我们会看到生命非凡的韧劲。因为拥有生命,才有了那么多的奇迹。试问世界上还有什么比生命更重要呢?唯有坚强地挨过一个又一个苦难,生命才能变得越来越有意义,我们从中收获到的远远不止快乐那么简单。

在现实生活中,我们常自认为怎样才是最好的,但事与愿违,使我们意不能平。我们相信:目前我们所拥有的,无论顺境、逆境都是对我们最好的安排。如果是这样的话,我们才能在顺境中感恩,在逆境中依旧心存喜悦。生命里的事,没有十全十美,但是我们必须认真活在当下。

马斯洛说过这样的话:心若改变,你的态度跟着改变;态度改变,你的习惯跟着改变;习惯改变,你的性格跟着改变;性格改变,你的人生跟着改变。在顺境中感恩,在逆境中依旧心存喜悦,认真活在当下。因此,心态就是心理状态,决定一个人对事物的态度和做法,它具有两面性,关键是你以怎样的心态对待。有积极的心态和消极的心态。没有一个良好的心态,即使能力再强,也很难成功。积极的心态对成功起到决定性作用和有助于克服困难,在失败中充满希望,在坎坷中充满快乐。因此,无论情况好坏,都要抱着积极的态度,莫让沮丧取代热心。所以,人生的好坏都决定于心态。你的心态好,坏事变好事;你的心态不好,好事也变成坏事。所以要用积极的心态去追求,使人生充满阳光与美好;用坚持的心态去等待,它是成功的起点,成功总会到来。生命可以价值极高,也可以一无是处,随你怎么去选择。你的态度、你的选择,往往决定着成败。态度乐观、选择积极主动的人面对的将是幸运的开始;相反,态度悲观、选择消极的人则会延长失败与悲哀的期限。因此,积极的心态是太阳,照到哪里哪里就亮,而消极的心态是失败的源泉,是成功的天敌,永远看不到希望,活在失败的阴影中,使人沮丧失望,就等于自我封闭和扼杀自己的潜能。

你的生活并非全数由生命中发生的事情所决定,而是由你自己面对生命的态度与你的心灵看待事情的态度来决定。所以拥有积极的心态,可以改变自己的命运,让平凡的生活变得不平凡。由此可以看出,有好心态,即使面对厄运,也不会失去快乐的生活。也没有人敢说自己绝不失望,失望是人生中的常有之物,但失望不是人生的全部,成功才是维持快乐的根本。而成功的机会能改变那些悲观的心态,让人正视现实。拥有完整的心灵,以一种强烈的愿望和好的心态去追求有意义、富有生产力、充满乐趣、有价值的生活,这才是人生的真义。

其实,生命的路也很宽,何必都去挤一条路呢? 怪可怜的。当所有人把考大学当做通向成功之路的捷径时,那就意味着你踏上了一条即拥挤又狭小,注定要遭受痛苦的悬崖路。在失败后不妨重新找准自己的定位,调整心态,选择适合自己的路。尝试在平凡岗位上找到自我实现的出路,不要自己给自己设置障碍,更别沉沦在失败的阴影里迷失方向。

也不可轻言放弃，放弃自己该做的事。就是败北，在生命里也要尽全力度过每一天。无论今天如何，人生的胜负是以一生来决定的，笑到最后的人笑得最好。

我们终于明白了，一个人无论处在什么样的时代与环境中，在物质之外都有自己或直白或隐蔽的人生取向与价值认同。如同社会各种行业之人，一旦被称为"神"字辈，平凡普通的工作断然引不起他们的兴趣，反而越有挑战性的东西，越能让他们废寝忘食、没日没夜地投入其中，至死方休，砸了招牌也不在乎。这就是专注于自己的事情。

其实只要对某件事专注下去，长久地坚持下去，就会成功。因为上帝赋予你的时间和智慧足够你圆满做完一件事情。生命中的许多事，只要想做，都能做到；该克服的困难，也都能自己克服。用不着什么钢铁般的意志，更用不着什么技巧或者谋略，只要一个人还在朴实和坚持梦想地生活着，他终究会发现，造物主对世事的安排都是水到渠成的。

生命也是一个不断学习的过程，一个人永远不要忘记学习，提升自己。从长远来看，学习为生存之道，学习的能力，就是你将来生存的能力，挣薪的能力，创业的能力。在当今这个时代，我们可以说学习是通往知识经济时代的个人护照。新技术革命带来知识的突变，不但知识总量增长速度惊人,知识的更新周期更是大大缩短。随着新学科的不断形成,知识门类大量涌现,科学的高度分化与综合交叉,构成纵横交错的大知识群落,使人类社会进入知识时代。在这样一个以国际化、信息化、知识化为特征的时代,终身学习已被提上日程。如果我们不懂得如何去学习,不去给自己充电,不具备"造血"功能,我们将成为社会竞争中的淘汰者。"学会学习是未来人生生存的基础",所以青少年不要停止学习。因为学习会使你对世界的理解与日俱增,每一天都会得到更多来自生命的启示,让心灵充满了美好。每天都敞开心扉,睁大眼睛,发现生活中的新事物,接收新思想,认识不同的人,感知身边的事和内心的变化,你对世界理解得越多,你的世界就变得越大。

最好的自己是终生学习的自己。人生的挫折、烦恼会不时地跟随,只有知识涵养可以使一个人更加理智、冷静地分析这些人生中的难题。小时候的学习是为了顺利和社会接轨,工作时候的学习是为了提高自己的竞争力,为人父母时的学习是为了养育后代,老了依旧在学习或许是因为已经养成了习惯。学来的东西就是自己的,不仅要烙在脑海里,更要应用在实践中,这个世界上,别人唯一偷不走的东西就是知识。因为有知识,视野更开阔;因为有知识,思维更开放。

学习让人进步,让人充实,让人博学多才。因此生命的过程,不是要得到什么,而是要学会什么。学会,是为了迎接下一个开始,这样我们才会更加强大,不断完美。所以,想要得到一块金子,不如掌握炼金术;得到一本书,不如掌握其中的哲理。学到才是真正的成就,能够让你的一生不断与"优秀"结缘。

多学到一些,气质就多一些,知识就多一些,淡泊就多一些,人生也就更美丽一些。这与直接接受别人的馈赠不同,不是得到,而是学到。这是一种很健康的学习观,人生观。学到,就会很开心,就会体会到学习带来的乐趣,不是要得到,而是要学到真正要学的东西,意义重大。学到的人生,才是富饶丰腴的人生。所以,人要不断学习才能增加学识,不断学习才能增长才干,不断学习才能开阔视野,不断学习才能陶冶情操。因此,不断学习能够提高生活质量也能够清心明智。所以,要想成功,道路只有一条,那就是持续学习,勤奋学习。学习的过程也是磨炼自己的过程,这样在被委以重任时,你才能充分发挥出优势,达到预期效果;也丰富了你自己的气质。

气质是人的内在修养,可以通过学习和实践一步步获得。气质不是肤浅的东西,若是胸无点墨,再华丽的服饰也不能让一个人真正获得好气质。想要做一个有气质的人，就一定要不断提高自己的学识，品德，在生活中不断丰富自己。气质是一个人由内在散发出来的魅力，也就是人的外在是内在的一种反映。内心没有的东西，外表就无法显露；内心有了，外在自然而然就能表现出来。人的心灵杰出，行为才可能杰出；人的内心美好，气质才会美好。妆容也许能改变一个人的外貌，却无法掩饰内心的空洞。好的环境、好的心态、积极的学习态度和进取精神，都能提升一个人的气质。人如果忘记了学习，也就失去了光彩和价值。时下我们每一个人，无论是谁都应该努力学习，不断地充实自己。学到的东西就是自己的，虽然也会遗忘自己学到的东西，但是这并不是重点，重点在于，它们就会成为你人生的利器，助你实现各种梦想。学到了就要用出来，就像看一本励志书，之后一定要亲自实践一番，才能真正了解其中的真谛。一个人即使不漂亮，也能显示出高雅高贵来，这是气质的美，美就美在自信，而且能让人感到内心的真诚和善良。不断地丰富自己，做一个有气质的人吧！

　　生命也是一种成长的过程，生命一旦出现，成长便不可避免，谁也无法阻止。成长是渐进的，无声的，在平静中变化。人们很难发现生命逐日成长，但相隔一段日子，蓦然回首,成长的痕迹便非常明显了。无论你情愿还是不情愿,无论你快乐还是忧虑,每一个人都在不断地成长,岁月在我们身上添上一道道无形的年轮。伴随着这种平静的成长又涌流着多少躁动啊! 这些生理上的、心理上的躁动几乎随着人的发育阶段而呈现波峰浪谷,或急或缓,或高或低,或明或暗,或强或弱,在你的心底深处反复着。生命在平静中出现躁动。从此刻追溯,细细回想,有多少事是自己一时冲动、一时热血所执拗坚持的决定和判断? 又有多少事则是颠倒了是非黑白,事后才后悔不及。躁动的种子慢慢在心里植根,我们却浑然不知。一言一行逐渐变得轻浮,忘记了本应一步一个脚印踏稳扎牢地前进。躁动的兴奋剂令我们如蟹"六跪而二螯",无可寄托,无从专注,无法平静。此时的躁动或许会让人享受片刻惬意快感,却是否遗忘了躁动过后,往往承受的是无法从心头拂去的不安呢? 固然是当局者迷,只有外人才能一眼洞悉,知道是你自己周身溢出的躁动之气作祟,而自己却总是身陷于自己布下的棋局,愈是急躁,愈是冒进,愈是方寸大乱;也似一根捆绑我们的绳索,愈是挣扎,愈是扭动,愈是牢固紧实,愈是无法轻装上阵,坦然前行。

　　生命在无声的发育中产生抗争,生命在由单纯变为复杂。这都是成长所带来的快乐与烦恼。埋怨这一切吗? 不会的。我们每个人都不愿意时间停止流动,不愿意停止在某一天或像一部荒诞电影所表现的那样每天都去过昨天的生活。我们会盼望成长,盼望那种朦胧的但肯定新鲜的明天。

我们不害怕躁动。这种躁动,无论是孩提时代渴望独立做事的鲁莽还是青少年岁月对性奇异难捺的欲望,都是十分美丽的。在人生的茫茫旅程上,尤其是在人生的开始,勇气与想象比胆怯和呆滞更富有闪光的诱惑力。我们永远不要拒绝我们人性中的这种躁动!这种躁动是成长中的希望,是春潮涌动的漩涡与激流。我们不要恐惧我们内心的躁动!我们应适应、迎接它,成长中的躁动迸发出生命的创造力,使平淡的生命充满传奇。这种躁动对发育已完成的中年人、老年人也是有益的,他们也在用成长中的躁动去进行新的幻想创造,从而完美自己的一生。

人为了生存也无须改变自己的生物本性,生物结构,而只需变化自己的外在生活方式,生存环境。人自己决定自己的可能性。人没有固定的生存环境,也缺乏天然存在的生存手段,因此,就必须用自己的创造能力来补偿。人类千百万年的实践活动及其产物——文化,对人类的生理组织结构,特别是对心理器官组织的反作用,会以遗传密码 DNA 的形式代代相传。人类体外的文化经过相当时期的积累,有可能使人的天赋素质渗入一些新的因素,从而改变人的遗传基因。因此,文化在人类自身内在地自然进化,许多卓越的科学家往往归功于先天遗传。

命　运

　　命运是人们在生活中经常谈到的一个词,它与青春有紧密联系,是实现梦想的客观条件。能够认识并提出人生的命运问题,是人的自我意识发展的产物,但如何理解人生的命运呢? 以儒家为代表的传统思想,把人生的命运归于天意,即所谓"天命"。斯多葛学派也认为:人的命运是由神决定的。汉代思想家王充曾说:"凡人遇偶及遭累害,皆由命也,有生死寿夭之命,亦有贵贱贫富之命。" 其实人生的命运即是人生历程中的境遇和趋势,它是人的主观努力和客观条件相互作用的结果,也就是主体能动性和客观制约性相互作用的结果,主观与客观相互作用的结果,一方面,客观条件给人生的命运带来了种种机遇和机会;另一方面,通过自己的主观努力也是可以改变命运的。

我们不能简单的把命运作为一个唯心主义的命题加以否定和批判。它毕竟也反映了人生的一些问题,我们应当剥下其神秘外套,探究其真实面目,从人生成长过程来揭示命运问题。

人成长的过程,也是人类历史发展过程的缩影,刚出生的孩子,对他来说,周围的一切都是神秘和陌生的,他的命运主要是由他的家庭等客观条件和外在力量决定的,随着他的成长,他才逐渐地从命运的奴隶变为命运的主人。

命运,是指事物由定数与变数组合进行的一种模式,命与运是两个不同的概念,命为定数,运为变数,命运是命与运在特定对象于时空转化的过程。命运也是偶然性和必然性的组合,也就是一个人能决定什么,而不能决定什么,这就是必然性;人可以选择,但人的选择有时候又是没有办法的选择,这就偶然性。命运也不是因果关系,命运甚至不含因果。命运是一种人生的绝对,是一种完全的偶然,或者说,命运是完全偶然中的因果,是因果中完完全全的意外,是因果之外的因果,是因果之外的偶然的发生,是一种完全的无事生非。这才是命运。

人生是快乐和痛苦的延续,而命运是快乐和痛苦结束后的重新开始;人生是上走或下走的伸展,而命运是左走或右走的改变；人生是个湖泊，而命运是无边无际的大海；或者说，人生是飞翔的老鹰，而命运是拿着长枪的猎人；人生是一只蚂蚁，而命运则是一只大脚；或者这么说，人生是过程的话，命运则是人生的结局，是结局后的新生或结果。如果说人生要靠命运来改变的话，命运则不一定要靠人生来发生，它是无可阻挡的突发和变故。

人生自宇宙的时空，看茫茫宇宙，地球正可谓是沧海一粟，而人的区区数十年的尘世之旅，不过是在时间隧道上一闪即逝。明白了人在宇宙时空中的渺小，也就会明白我们人生当中有些事情，比如地位、金钱这些都是身外之物，命里有时终须有，命里无时莫强求。这就是浮生之旅的开头和结尾都掌握在造物主手里，原来在我们短暂的尘世之旅中，我们并不是完全自主的，我们常常是无可奈何，只好让许多同我们的心和脑对着干的因素或敌对力量牵着鼻子走，并不完全由我们的大脑说了算。

对一个人来说有时是无助的，无助是人生的普遍现象。痛苦，流泪，为生活的嘲弄，为命运的多舛。在雪地里苦苦前行，在泥沼中拼命挣扎，成败在此一举，是地狱是天堂由命运决定。想要远行，可泪水怎么就跑到了我们的眼眶。短暂的岁月，让祝福停泊在我们的双肩。

　　梦想终究在绝大多数人的生活中成为青春期的绮梦。这是因为人们出生时，并没有站在同一起跑线上，有人天生就是好命，不同一般的家庭背景，超常的智力，充沛的精力，以及很好的命运。可有的时候人们常常这样想，我出生在一个普通的家庭里，相貌平平，记忆力欠佳，缺乏眼光和财力，甚至更糟，比如父母经常吵架，还有童年的阴影，还有还有……面对这一切，我心里仍在疑虑，我当然希望我自己有出息，但我真的有这份天才吗？我的祖祖辈辈既不是书香门第，又没有高官厚禄，没有一个人做出过大事业来，我就能够做出大事业来吗？我无法不去怀疑成功的可能性；也无法不去相信，神与奇迹是不可能的。也许天神暂时不将我召回，是因为我还有大事没有完成。

　　我心中的神啊！或许就是祖先不死的灵魂，仿佛无数祖先不死的灵魂都为我打气，给我力量，支持我的，除了自己不服输的意志，同时也有他们殷殷照看、无限期许的眼神，就是靠这份冥冥中的神意，伴着我冲破难关。

　　同时我也相信，我注定不配有最好的命运，凡事或许几乎凡事都要靠自己争取。

　　希望我这个平凡的小人物，只要以敬业精神点燃执著追求的火把，能使自己的人生闪耀出童话般美丽的灵光。我正需要这灵光这好运。我的使命在前方,像穿透云雾洒落的无数美丽光束一般,招引着我,现在,箭已离弦,全看我的。我不能让引颈翘盼的我失望,神甫前来为我祈福。

所以应该给自己留一点属于自己的时间与自己的心灵对话,这会扩大你的生活空间。来编一本自己有用的《心理词典》,词典中收录的词汇,代表着青春的价值取向和生活方式。每个人对这些词汇的理解,决定着生活的态度。在《心理词典》里,写下自己希望的人格和心理品质,再根据以后的理解,随时补充和修正,来反映自己内心对生活、人格等方面一些重要品质的定义和认识。用自己的独特的思维方式创立一个自己独有的世界,对于青春来说都是决定自己一生命运的时刻。在心灵的对话里,起到心灵扫除的意义,就好像是做生意的"盘点库存"。所以人生在诸多关口上,我们几乎随时随地都得做"清扫",每一次转折,都迫使我们不得不"丢掉旧的自己,接纳新的自己",把自己重新扫一遍。人一定要随时清扫,淘汰不必要的东西,为日后的行程减轻不必要的负担,才能腾出空间来为生命填塞更多东西,就越能发挥潜能。

现在的处境不算太差,我们一定要争取去赢,如果不幸遇到厄运,我们也要尽可能勇敢地面对,使结局变得相对好一些。我们应该这样来思考:如果这是一种机制,何不给我天时、地利、人和等等的运气,让我把握一次次的机遇和好运,或许最终我还是能赢。

机遇是很玄的经历,有如风,来无影去无踪,但它却经过每一个人的身旁,就看你是否感觉得到它什么时候会来。谁能保证今天的坚守不是明天的荒废、明天的幻灭呢? 我从来没有怨命运之错,不怕旅途多坎坷,想到我的梦想中的地方去。错了我也不悔过,我不向太阳低头,流着汗水默默辛勤地工作,就算受了冷落也不放弃自己想要的生活。我知道我的未来不是梦,我认真地过每一分钟。睡意蒙胧的星辰阻挡不了我的行程,为了梦想我宁愿忍受寂寞。受尽那份孤单,青春万丈的雄心从来没有消失过,即使时光流逝依然执著。但回想起来,常常问自己:凭什么只有我这么苦? 可以付出辛苦,但人格是不可辱的,可是为什么谁都敢侮辱我,还不是因为我卑微。到底是凭什么? 每次自问都是因为受了委屈的刺激,就更加自怜自艾加上愤怒,直到无以复加。我觉得命运对我最不公平,总是要我拼上性命,比别人多付出许多才能得到少许,最想要的那些甚至付出生命都得不到。内心的委屈伤害着自己,使我经常暴躁,好多次无端地伤害别人。

再回想过去,发现我已得到太多,父母给我生命、养我长大等等。我会用后天训练和自律学习把天赋和生命发挥到极致。

又有谁能告诉我,人为何一再盲目而战,谁让我心里的苦得不到平反?路越走越窄,甜蜜给我不再归还,结果太酸,我自己看着办。命运谁给我摆平,谎言太美我听了算,辜负了自己就难对自己交代。再坚固的心,掉进厄运手里就不能动弹,被厄运打败。难道我就逃不了这一关吗?因为命运不在我的掌握范围之内!一次次的后悔,除了增添失败感之外,空余寂寞惆怅,令被命运捆绑着的人生更灰暗。

脚步再重我自己移得开,心情再黑我自己看得淡,行李再重我自己可以搬,回忆再多我自己藏,回忆在胸口偷偷哭泣。未奏起心声已经被震动难逃避,犹如暴风雨来临展开世上最漫长的黄昏。随前奏无声走近,悲伤泪水仿佛欢送风中的雨点。把无数的祝福再次收藏起来,笑容只是一种掩饰,落泪无法再挽回。双眼带泪逼着自己前行,因为心里也明白要成为一个强者,不是没有眼泪的,而是要含着眼泪奋斗。

时光飞逝,毫不留情的任性。飞奔向黑夜,就忘了光明的存在。还迷惘些什么?当猛然抬起头来,就再也忍不住心中的悲恸,号啕大哭起来。心头狂跳,不堪回首的过去落幕了,但留在心中的烙印,摇摆不定,在独一无二的心中产生挣扎。在开始了漫长的远行时,出发的那一天不知为什么风很大,心绪怏怏几许惆怅。把心的全部都寄托在风中。吹拂着春风,此景好像描绘自己远行的梦和没有装饰的希望。未来将在最后睁开眼睛,活着的瞬间没有办法用长长的路去述说,达不到的心意与失望越演越烈,错踪的思绪坎坷,坏了的心越来越远,反反复复在时间里沉沦。空虚的脸麻木地走在崩溃边缘,人生看不清却奢望永远。软弱的灵魂,已陷入太深。命运如此安排总叫人无奈。我不再用我的号啕大哭来换走曾经在我心里的失落。许多的季节像风一般飘过,许多的面孔像尘埃般闪过,许多天真像珍珠般洒落。握着自己的手继续执著于梦想。我只能把哭泣放在我的心底里永留,继续跟命运作持久战。

一定每个人都曾经有过带泪逼着自己前行的经历,过于勉强地期待,对于生命、命运亦是束手无策,光是活着就很辛苦。在命运的瞬间,有如空降兵,空降兵绝对不输给时间,追逐着朝向个人的国度,在无边无际的天空中,抱着风儿,踏出世界,被强风吹得变成了一个崭新的自己,向很遥远很遥远的彼岸去。尽管如星光无常的生命般受挫,仍将坚持信念,为了不让眼前的这份幸福如虚幻般消失,不管什么时候都抓紧这满心满怀的希望。

　　天空就是这美妙形象,天空的拥有者亲手把完整的美捧到我们的眼前。若容我们目睹其中的一部分,站在夜空俯瞰人世,映入眼帘的一切,都有不完美和不正常之处,然而不抛弃一切,全部拥抱着,世界坦荡地展示自己的美。造物主在静寂的夜空向世人昭示着完美和不完美的和谐共处。

　　这就是强大的自然力的游戏,它惊心动魄,可我们在夜空却看到它是那样和谐,那样绚丽。同样,凡人一生经受的巨大痛苦,在我们眼里也是美好的、高尚的。我们在完美的真实中看到的痛苦,其实不是痛苦,而是快乐。当我们完美地认识人生时,我们才真正地懂得美;完美地认识人生,人的目光才纯净,心灵才纯洁,才能不受阻挡地看见世界各地蕴藏的快乐。

　　世界本性并不复杂,很容易看见其中的美。将局部发现的矛盾和变化,放入整体之中,就可以看见一种宏伟的和谐。然而我们不能像对待自然那样对待人。周围的每一个人离我们太近,我们特别挑剔的眼光放大地看待他的缺点。他暂时的缺点,在我们的感情中往往变成非常严重的过错。贪欲、愤怒、恐惧等妨碍我们全面地看待人,而让我们在他人的缺点中摇摆不定。所以,我们很容易在夜空发现美,而在人的世界里却不容易发现,只发现缺点。

　　人总会有一些难以挽回的缺点。我们无法责备任何人，只能怪自己失手，因为命运都在我自己的手中。每颗心灵的深处，都有它的愁苦；每颗心灵深处，又都开启着一扇通往快乐的友善之门。这是人生的真谛。大笑使我们忘却了愁苦，痛苦使我们忘却了快乐，最符合生命本质的就是微笑。面对微笑和痛苦是同样的无奈和无助。人生总会碰到各种各样的痛苦，有些痛苦是难以承受的，在那一刻丧失了狂热的自信，霎时间惊恐万状，声泪俱下，变得虚弱不堪。看到这场伤害远远不止表面上的流泪这么简单，令人心痛到了极点，心灵的伤害才是最惨痛和深远的。

　　人世间的恩恩怨怨、是是非非给我们造成了最直接最深刻的伤害，也许我们再也控制不住了，堵在心口的伤感，心没了，落幕了，风破碎的梦，我们也想要，哪怕一刹那也好。雨打在我们脸上，泪水忍住也逃出眼眶，泪水好像长河决堤，这么沉重的打击，彻底摧垮了我们的意志，这是我们始料不及的。沉浸在痛苦之中不能自拔，我们无法讲出口的是我们深切的忧伤，对青春、对生命、对命运的忧伤。

　　这些忧伤的回忆，让我们听见了心底的声音，点亮我们这一生最美的奇迹吧！在同样的冬季，宽恕了过去的自己，星星让它坠落，让心跳重新来过。勇敢地找回自己，倾我们最大力量,以我们最真实的心灵,把握我们有限的今生!不要像不负责任的父母,欠下债,死了,等儿女来还?不应该每一种受伤都要寻找罪魁祸首,很多时候,只能把这种伤害归为命运。命运就应该以沉默来忍受吗?我们还是勇敢地面对今生,今生债,今生了!连前世未还的债也在今生了!何况这有限的今生是我们的灵魂漂泊了多么久之后才盼到的,今生之后,又可能有多么漫漫的长夜!

如今人已走进了成熟,内心的平衡力接近了宠辱不惊。唯有激情,愿它永远属于我们。自卑禁锢了我们多年,终于蜕掉外层坚硬如铁的甲壳,自卑的毒素注定要经历磨难才能排除干净,而心已得到从未有过的解放,踊跃跳动想要飞扬。

成　功

　　成功，这个词对于我们来说可望而不可求。它是指达到或实现某种价值尺度的事情或事件，从而获得预期的结果叫作成功。不单是指一种结果，更应该是一个过程，一种进步。只要是好的进步都算是成功。成功的背后你又知道多少呢？没有大量的错误做台阶，就得不到最后的成功。因此，有人说自己不会犯错误是不正确的，错误造就的失败才能铸就成功。所以，人最好的成长是在错误中，在错误中反思自己得到智慧，从而不让错误重演；在错误中寻找成功的萌芽，把错误踏在脚下，必然能够到达成功的高度。

　　挫折和失败都是走向成功的必由之路。有成功就有失败，这是亘古不变的规律。困难和挫折是生活中常有的事，但失败是成功之母，挫折是天才的进身之阶。面对困难与挫折的态度，往往是成功的关键——是坚持，还是退缩，便是能否取得成功的决定因素——其实成功者只不过是爬起来比倒下去多一次而已。

大凡事业成功者都具有健康的人生动机、人生态度等方面的心理特征。每个人都遇到过失败，也都体验过失败的滋味，谁都想成功，但也不要畏惧失败，失败是不可避免的。畏惧失败就意味着徒劳无功，人生最可悲的莫过于徒劳无功。

说句实在话，失败不好受。人人都想成功，都不喜欢失败。大家看过很多名人自传，得出结论：大凡成功者，往往从小时候就开始有种种异象，预兆着长大后必能干出惊天动地的大事。我们也向往成功，于是开启我们尘封已久的记忆，竟找不出什么历史根源来预言佐证我们的"传奇"。比如有的人这些年一个人风也过雨也走，四处奔波谋生活，实在从自己身上想不出种种异象来。也好，就交出来一个平常百姓男儿家的原貌，有道是男儿想自强，无论多平常！不靠祖辈余荫，不靠种种异象，靠自我奋斗，靠努力和运气助我成功。

成功的机会对于每个人来讲都是一样的，要看你用怎样的态度去争取。在你不经意的时候，或许别人正在观察你，说话的声音，走路的姿势，服装的品位甚至吃相，都可能成为决定你成败的原因。就像那句老话，"功夫在诗外"，成功往往也在知识之外。

　　成功的人和失败的人的区别,不在于主意的好坏,能力的大小,而在于是否相信自己的判断,是否敢于适度冒险,并采取行动。所以一个人之所以失败,是因为他自己要失败;一个人之所以成功,是因为他自己要成功。成功的机会不会自动找到你,你必须不断醒目地亮出你自己,吸引别人的关注才有可能寻找到成功的机会。

　　在跑道上,第一步的领先很可能意味着最终的胜利,所以决定一生中的成败得失,或许在于你是否敢于亮出自己来。许多人的失败都是因为不自信在作祟。自信正是使人走向成功的第一要素。如果说你真正建立了自信,那么你就已经迈入了成功的大门。自信会使你创造奇迹。古往今来,每一个伟大的人物在其生活和事业的旅途中,无不是以坚强的自信为其先导。自信能激起人的无比智慧和巨大的能力;自信是一种强大的力量,更是一种动力和潜能;自信是成功的秘诀。因此,自信不是一句空话,也不是阿 Q 式的精神胜利法。我们每个人都有充足的理由相信自己。那么你才敢于奋力追求实现自身价值,才敢于去干事,也才会激发自己的潜能;那么你也正是在挣脱人性的枷锁而力求解放自己。生活中的许多问题,困难,实际上正来源于信心不足,这种自信是表面的,是不堪一击的,是不成熟的表现。真正的自信是内心深处对自己神圣的认可,也就是灵魂深处的。只要你内心充溢着自信,一旦获得了信心,许多问题就将迎刃而解。因此,只要参透了自信的真谛,就算是已定的事实也有翻身的希望。自信是走向成功的伴侣,是达到理想彼岸的舟楫。有了它,就可以干出一番惊天动地的伟大事业。有了自信才有可能战胜困难,目标才可能达到。自信会为你带来活力,焕发光彩,使你的谈吐洒脱,大度,产生一种不知不觉中感染人的魅力;而丧失自信,会使你显得猥琐,不能充分发挥水平。如果你自己都瞧不起自己,又怎能让别人瞧得起你呢? 实际上,自信简直就是人的生命之魂。自信也是很缥缈的东西,正是看不见才有一种精神寄托,它会不知不觉地影响着青春。青春内心的自信才是真正的自信。职业可以低下,地位可以卑微,但我们的心灵不可以低下。只要心灵高贵,我们的人也就高贵:有高贵的心灵就是自信,这种自信会令你的气质高贵。不过,光有自信是不够的,还要行动,没有行动的支持,再强的自信也会失败:自信只不过是成功的一种动力罢了。因此,自信好像是根魔棒,一旦你真正建立了自信,这样你会感觉自己驾驭生活能力的强劲;也将发现你整个人都会为之改观,气质会更优秀,能力会更强,随之你的生活态度也将变得更乐观。自信,是心底的一颗宝珠,什么时候用它,什么时候就会发光;自信,是迷途中的一盏灯,让你能始终寻找到最正确的方向,指引你跨过一道道艰险的门槛;自信,是不会失去的美丽,即使时光流逝容颜变老,魅力依旧不减;自信,是不断达成目标的一个过程。

然而,太过高估自己而有太多自信的人,就会使自信变质了,那就叫自负或者自满。

从功利的角度说,工作是通向成功的阶梯;从人生观来看,工作也是人生的最大享受,实际上人生最大的幸福莫过于找到自己倾心相爱的工作,并努力干出成绩,它会让你感受创造的欢乐,也是自我价值的体现。

人生成功的秘诀就在于无论自己做什么工作,只要是你自己愿意去做的,或者是必须要做的,那就认真做,努力做好它,这正体现了你自己的一种人格,也将赢得别人青睐。

自己把自己说服了,是一种理智的胜利;自己被自己感动了,是一种心灵的升华;自己把自己征服了,是一种人生的成熟。大凡说服了、感动了、征服了自己的人,就有力量征服一切挫折、痛苦和不幸。受挫一次,对生活的理解加深一层;失误一次,对人生的醒悟增添一阶;不幸一次,对世间的认识成熟一级;磨难一次,对成功的内涵透彻一遍。为了获得成功和幸福,有的人把自己看做是生活的主角,有的人把自己看做是生活的配角,有的人把自己看做是生活的观众,而不屈服于命运的强者,却把自己看做是生活的编导。智者的智慧往往在于:他最善于通过生活中的很多能照出自己的真实的一切表象的镜子来剖析自己,调整自己,完美自己。

人生成功的金钥匙就是:只要你想做,你就能做到;把今生原本以为不可能的事,变为可能。成功也是起源于强烈的企盼,孕育于痛苦的挣扎,是寻找自我,最终超越自我的一种结果。人要成功,就要有一种始终不渝的奋斗精神。这种奋斗精神的强弱正取决于你成功欲望的大小,你必须将欲望之火激发到白炽状态。因此,你更需要一句最美丽最奥妙的心灵寄语:"我这个平庸之辈有颗不甘平庸之心。"

如果你把握了成功的秘诀和金钥匙,那么成功之路就展现在你眼前……

成功者之所以成功,在于他们善于激发人的内心渴望,引起自己的急切欲望。能做到这点的人,会掌握和拥有全世界,不能做到的人将失败。

成功与否只是能不能坚持到成功开始呈现的那一刻,成功与不成功之间只是一步之遥。切莫让成功的希望在黎明前破灭,因为黎明前的时刻是最黑暗的,也是最难熬的。往往在成功即将到来的时候，最容易失败，因为都是毁于成功之前得意时的疏忽或者是失意时的放弃。所以，只有坚持到最后才能看到胜利的曙光。

平凡人应该如何生活和学习，如何寻找自我，如何使平凡的人生稍许不平凡些，直到成功。有以下五点。

第一点，要想成功必须要具有最基础、最重要的解决问题的能力，连这能力都没有，想成功简直就是天方夜谭。人唯有凭借解决问题或者发现问题的努力才能学到真正的发现的方法。这种实践愈积累，就愈能将自己学到的东西概括为解决问题和探究问题的方式。掌握这种概括的方式，对解决各种各样的问题是最有效的。

第二点，只要稍加点拨，就能领悟，具有极高的领悟力和深刻的理解力，这就是成功的必要条件，也叫做天资。天资是由"天"来决定的，我们无能为力。只有勤奋这一项完全是我们自己决定的，我们必须在这一项上狠下工夫。不勤奋，则天资再高也毫无用处；如果没有好的方法，再勤奋也是徒劳无功的。人生最可悲的莫过于徒劳无功。

第三点，人只有掌握、运用地势之利，处世、行事则可如虎添翼，则可获得通往成功的胜利之途。可未来仍是无法掌握的，全怪"命运"这么不公平，不能听到那关在门后头的话，也不能看见自己转身后别人的表情。所以我们难以"自知"，难以以一个真实的参照物来评估自己；所以要有一份"身后意识"，就像多了一双睿智的眼睛。时时给自己增添一点远见，一点清醒，一点对现实更为透彻的观察与认知，只有这份认知，可以少干很多日后追悔莫及的事情。将爱好当成一种装饰，人也就在装饰底下躁动。自己还不觉得，年龄一岁一岁地长上去，人也就慢慢地成熟了，觉得这个世界没有永恒的东西。人已走进了成熟，内心的平衡力接近了宠辱不惊。唯有在感情的世界中，谁能理得清那错综复杂的一切？想独自沉浸在风尘留下的气息中理清一些纷乱思绪，可以感受到内心传来的懊悔与自责。

第四点，把人生的全部意义倾注于世俗生活而不能在梦想与现实之间保持一定距离的时候，就会出现现代精神迷失。如，期望从精神中寻觅生活的灵气和智慧的光芒；又如，人具有诗意的本质，灵魂期求升华；再如，追求自我的内在力量的充实，这都是现代性精神迷失。人有一种使自己成为有能力和有效力的持续的内驱动力。能力和效力主要是学习的结果。能力发展有赖于学习，而这种学习是环境中所察觉到的，是变化激起的。知识首先是一种过程而不仅仅是一种结果。知识是生命内涵的领悟，对终极价值的叩问；是人的灵魂觉悟的本源和根基。要用自己的经验来思考知识和事件，又用知识与事件来思考自己的经验，不断地交换位置和方向，达到理解和重新理解知识、事件和经验的目的，这种思叫慎思。慎思是要把外在知识和事件与自己的切身经验结合起来进行认真思考，促进自己内在精神世界的成长。

第五点，做人的唯一指南就是自己的良心。回首往事，唯一使人感到欣慰的是自己行为的正直与诚实。因为人常为自己希望的破灭与筹算的错误而自嘲，无论命运对你如何，你总是能以坚定的步伐前行，而且充满荣誉感。

以上是平凡人的生活经验。

有时候自己悲苦的情绪像一团潮湿的迷雾，弥漫在自己的虚拟世界里，但有一种鼓励的声音引起了注意：自己的人生需要激进，哪怕是一点点小小的成功，就是开启自己的翅膀；不要让失败加倍地击伤自己，不要让失败感把心浸泡得太久，以至逐渐丧失了体验成功的美好能力。

只能打起精神来面对这一切，真的要冷静下来想一想：自己付出了这么多，又放弃了那么多，我现在什么都没有了，血本无归，不是太亏了吗？我怎么能这样甘心呢？心情好无助，感觉好无辜，走到现在真是骑虎难下，让我有点招架不住，只能走一步看一步了。是不是有点太偏激了？成功的道路有千万条,成功的定义也有千万种,每个人都有成功的机会,只是成功的途径有多元化,为何非得一条道走到黑?辩证法也懂得一套套的,怎么就过不了自己心上的那道心坎呢?

到了这个地步,也就明白了人生本身就是一场没有退路的旅行。但也要回过头来算一算账呢!时间、精力全搭了进去,输个精光,什么感觉?再来一次吗?可怕的是那种失败感,像滚雪球一样,越滚越大,自己会越来越有这种感觉。这种失败的阴影会笼罩我一辈子,即使干别的事我也不会成功。我一定要证明自己不是失败者,这已成了我心上的一个结了。

我似乎明白了一些道理,明白了梦想的美妙之处在于它永不能实现,即使要实现它也是可遇而不可求的,也就是梦想与政客的许诺一样难以实现。也就感悟到世态无常,许多事情人是无法把控的,许多事情也与努力无关。怨命运的不公平,不把爱因斯坦的智慧和爱迪生的发明赐予我,同时还有希拉里的心理质素与处世手腕。

不要为过去的事惋惜。世事就是这样,有些东西明明以为可以得到,但是始终得不到;有些东西千辛万苦之后得到,又会觉得不过如此,又甚至是得而复失。与其是这样,还不如拥有一份美丽的回忆，一个永恒的梦想。

逝去青春，于时光中找寻自己。面对逝去的日子，感受时间的流逝。到底要牺牲什么？牺牲了成功，或许该随波逐流。在残留的伤痕中，低头掩面无法呼吸。一直在和命运作战，虽然很痛苦，但当我的生活已经开始与自己过不去的时候，我对自己的折磨也是快乐的。远处的嘲笑声仿佛隐约听见，也许这些事情就是死也不愿忘掉，走过许多道路，不管什么时候，我都会保持这份无法对他人言说的心情继续走下去。

只有执著，才能对常人眼中的得失在所不惜、失败无动于衷，才会有一种笑傲人生的豁达与潇洒。为了顺从别人的意见，放弃了成功的机会，作出了无以复加的牺牲，这种逆来顺受的个性，成为悲剧式命运的牺牲品，已经没有了之前那种浪漫主义气息或者哲学意味了。反倒是完全面对现实，在生活中遭遇到种种碰壁和痛苦，心灵的搏斗历历在目，善恶的力量在纠缠交战，一个受尽磨难的人在挣扎着，在求取内在的和谐，这时不得不在生活中忍受所有的痛苦，厄运往往接踵而来。

因此，每走一步都必须小心谨慎，以积极的心态去面对。

青春期的生活犹如残酷的钢丝时代。挑战，也许老生常谈,为了征服目标,经历无数次的冒险,幸运的就成功,但只要走错一步,便万劫不复。这就是青春期的青少年喜欢寻求刺激挑战的心态。正因为这样,青春期的青少年也最容易失足。这是因为青春期极易受外界的影响,喜欢挑战刺激。就如走钢丝的道理一样,只要行走在钢丝上,没有人可以打包票能潇潇洒洒走到另一头,迟早有一天会失足。因为,走钢丝毕竟是很危险的事,你再怎么小心,但最多可以做到一时小心,而做不到永久小心。只要一次的失足,这辈子也就完了,人生的前途也完了。所以说,青春期的青少年极易成为不法分子利用的工具。

人又何尝不是这样呢?犹如一个走钢丝的人,要有远大明确的目标,但在具体行动中,要灵活机动,善于及时自我调整措施,确保顺利朝着目标前进。不知道前面有多危险,或许前面未知的危险对于生活中的青春期的人来说是一种刺激的诱惑,别无选择,必须走下去,更需要保持平衡和克服恐惧,因为周围有很多人在盯着你。有人祈祷你走得干脆利索走出人生的精彩,有人巴不得你马上从钢索上掉下来好自己站上去,还有人在摇头感叹值不值?倒是让周围的人看了说三道四。现实就是这么残酷,你不能去考虑他们,就算步伐不听使唤,也要大胆勇敢地迈出你的脚步;更不能分心,成功的道路正向你挥手,你的任务就是坚强地走下去,直到成功,来证明人生某一个目标的完成,也证明实力与信念,更给予自信之上的自信。

　　成功与失败是相对的,而没有绝对的。也就是说成功和失败是比较出来的。例如,在田径场上,跑得快的就是成功,跑得慢的便是失败。但如果跑得快的成功者跟世界飞人来比赛的话,那跑得快的成功者便是失败者;如果跑得慢的失败者跟一个老者比赛的话,那跑得慢的失败者便是成功者。因此,所谓"优胜劣败"描述了一部分的真实,这句话并不是真理。事实上,人的世界也有一种"生态平衡",和很多人形成一种"相生相克"的关系,就像那句老话"人外有人,天外有天"。换句话说,别人某方面的成功并不一定会威胁到你,而他的成功和你其他的成功一比,也有可能成为失败者,因此,避免以自己的失败去面对他人的成功。

　　在当今高速发展的社会里,青少年所面临的挑战和机遇繁多。"机遇"这个词,说起来容易,做起来未必容易。机遇不是每个人都能遇到,来时需要每个人去争取。每个人是不同的,正如世上没有两片完全相同的树叶,每个人的机遇也是各不相同。有的人把机遇当做一笔财富,而有的人却对机遇置之不理。机遇是很难得的,只有懂得珍惜才能体会到它的珍贵,犹如矿产资源,枯竭了就没了,只有无限地等待才能等到它再次到来。因此,等待也是一种智慧,一种需要付出努力、汗水与聪明才智的行动;等待更是一种艺术,一种伟人浪漫的情怀。"等待"一词,说起来简单,做起来难。有多少人只因耐不住等待而功亏一篑。所以我们要聪明些,要学会等待,学会耐心地等待,积极地等待。这样机遇降临时,才不至于手忙脚乱错失良机。会等待机遇也是一个窍门,留意生活中的点点滴滴,从中收获更多经验,从中收获更多机遇,从而获得成功。抓住机遇,就相当于抓住了成功。机遇是成功的前提,等到机遇就是成功了一半,但能否成功就在于你是否抓得住它。

生活中常常有人抱怨生不逢时,做什么事都没有机遇。恐怕这些人永远也无法了解,机遇宠爱准备好了的人。我们翻开历史,不难看出机遇加实力等于成功。我们不得不承认机遇的重要性:个人奋斗和个人实力在人生道路上固然重要,但是没有机遇,纵使你有才华也不会有施展才华的舞台,不管你多么努力奋斗,也是枉然的。机遇是我们展现自己、面向成功的关键,但是,相对于机遇而言,实力是走向成功的通行证,而机遇是成功的门铃,二者共同促成了成功,但机遇必须依托实力发挥作用。成功的路上,没有实力做基础,机遇便毫无意义。实力是发现机遇的眼睛,机遇无处不在,只是你能不能看见它而已;实力是抓住机遇的双手,抓住机遇必须依靠实力。我们每一个人身边并不缺少机遇,但是我们却没有成功,究其原因,是因为我们没有实力去发现和抓住机遇。有实力的人不仅善于把握机遇而且善于创造机遇。当自身实力积累到一定程度的时候,机遇就会自动找上门来拜访。其实,机遇是给那些做好了准备的人,假如没有做好这个机遇的准备工作,即使你能看到这个机遇,但你也得不到机遇而是把机遇拱手相让。请把握好机遇,不让机遇从自己手中溜掉了,也不要让机遇被人夺去。因此只有把工夫做足了,机遇便会来到你的手上。

机遇只是个人成功的外因,它是我们成功的必要条件,有了机遇可以帮助我们成功,但前提是我们要努力,也就是你自身的内因才是决定你是否能成功的关键。有了机遇而你自己没有准备好,也是不能成功的。所以说,机遇不是成功的最关键,它只是帮助我们成功的催化剂而已。因此,机遇总是偏爱那些有准备的人,而一切的准备都是奋斗的产物。一个人只有在确定了人生的目标后才有可能终其一生为之奋斗。在奋斗中积累经验,锻炼魄力,练就敏锐的眼光,才有可能抓住稍纵即逝的机遇,并以之为阶梯跃向成功的顶峰。所以说奋斗是基础，是成功的根本，假如你有好的机会但没有奋斗，是不可能成功的。奋斗也是机遇的基础，机遇是成功的条件，只要不放弃尝试，你就永远不算失败。

机遇不是成功的最关键，其关键在于人，人不仅要做足工夫来准备，还要具备相应的心理素质。机遇常有，只是缺少发现、珍惜它，把握好它。机遇如风，来无影去无踪，但机遇却经过每一个人的身旁，就看你是否感觉得到。机遇在每个人面前都是平等的，有的人总以为机遇来临时还要先打个招呼，这样空等，不知错失了多少机遇，所以说机遇不是等来的。但是，机遇在等着所有的人，机遇需要主动去寻找，我们要争当第一个它等到的人。人一生之中能够果断坚定，把握机遇，就可能会品尝到成功的欢乐；优柔寡断，瞻前顾后，就可能会错过很多机遇，甚至留下永远的遗憾。所以，当发现机遇时，我们必须立即行动。

由此看来，想要把握机遇，首先需要寻找机遇，寻找不到的时候需要自己去创造机遇。遇到机遇后，一定要先下手为强，才能抓住机遇。因为一次机遇往往就可以改变我们的命运，也就改变生活。如果非要深思熟虑，经过大脑的严密思考再作决定，这时机遇是不会为了谁而停留下来的，一旦错过，那么即使失去机遇也不能怨天尤人了。对机遇的判断要有信心,也要有勇气承担失败的后果,毕竟有成功也有失败。但是如果连机遇都抓不住,就没有资格谈成功了。因此,要用你的慧眼,去发现机遇,努力营造机遇,把握机遇,以顽强的毅力和执著的精神,努力奋斗,创造财富,实现人生的价值。做一个成功的人士,展现自我的能力和魅力,用力量和信心武装自己。多创造一次机遇,就能多把握一分成功的希望。把握好今天的自己,就会创造灿烂辉煌的明天。

生命有限而路程无限。用有限的生命去跑无限的路程,每向前奔跑一步,踩下的每一个足迹,都是见证。在信息化的今天,禁忌相继崩溃的时代,没有人拦着你,只有你自己拦着自己,你的禁忌越多,你的成就就越少。人只有一种禁忌——法律,除此之外,越肆无忌惮越好,就像比尔·盖茨那样自由自在去做自己喜欢的事情。做的过程也会享受到快乐,享受到幸福的成就感。因此,要试着改变目前的状态,不同的人生阶段做出的努力,往往需要智慧的抉择和长远的眼光,更需要理性,善于吸取经验教训,努力用智慧来摆脱困境,从荒芜中走出繁华风景,从绝境中走出阳光大道,希望永远在前方。简简单单朝着目标奋斗,但是没有计划地去做,成功率是非常低的;有目的、有计划去做事才是正确的方式,而盲目去做事,只能是失败。所以,成功与不成功的区别在于思考。因此,十年后的你会感谢今天这么拼命努力的自己,生命因拼搏而精彩,人生因努力而幸福。

时间就是上帝给你的资本,命运之神是公平的,它给每个人的时间都不多不少;但成功女神是挑剔的。因此,成功与否取决于人的做事方式:

第一,远离琐碎,保持焦点。一次只能做一件事情,一个时期只有一个重点。

第二,要把精力集中在最出成绩的地方,所谓"好钢用在刀刃上"。我们常常是把大多数时间和精力花在了并不很重要的地方。

第三,做事情拖延或者推迟,这是大量时间被浪费的主要原因。许多人习惯于"等候好状态",却不知状态是干出来而非等出来的。

第四,最好的时间是现在。因此,不要被无聊的人缠住,也不要在不必要的地方逗留太久。

第五,在现实生活中,一个人只有学会说"不"才会得到真正的自由。成功的人大多数是有个性的人,他们敢作敢为,敢于说"不"。因此,在这个"共生的时代"宽容的心态与合作的意识会使人如沐春风,宽容的人会本能地避免争论,因为无谓的争论,不仅会影响情绪和人际关系,而且还会浪费大量时间，到头来往往解决不了什么问题。有经济头脑的人，不仅与人为善，而且总是尽可能地配合别人。

第六，经济学非常讲究成本。对待时间，就要像对待经营一样，时刻要有一个"成本"的观念，要算好账。在生活中有许多属于"一分钱智慧，几小时愚蠢"的事例，如为省一元钱而排半小时队。

第七，朋友也要精选。多而无益的朋友是有害的，他们不仅会浪费你的时间，精力，金钱，也会浪费你的感情，甚至有的朋友会危及你的事业。而恋人的选择则更要谨慎，因为爱人是一生的事情，会使你的追求富有意义并充满动力，一份真实而美丽的感情会为你节约许多时间，并使你更有勇气面对现实，迎接挑战。

第八，在现实生活中，要尽量通过电话来进行交流，沟通情况，交换信息。打电话前要有所准备，通话时要直奔主题，不要在电话里说无关紧要的废话。生活中也有许多零碎的时间很不为人注意，其实这些时间虽然短，但却可以充分利用起来做一些事情。成功不是摸大奖，它需要日积月累地努力，需要心平气和地等待。

第九，在疲劳之前休息片刻，既避免了因过度疲劳导致的超时休息，又为自己保持较好的"竞技状态"，好的身体就是一个节约时间的要素。遇到困难时不要固执于解决不了的问题，可以把问题记下来，让潜意识和时间去解决它们。尽量不要"钻牛角尖"，切记。你放不开的事情会吃掉你越来越多的时间，直到你放开它为止。

社　会

社会是建构未来的平台。今日的现实瞬间即逝化为昨日的社会,在社会的邀请下,明日又加盟到今天,并消融在社会中,成为历史的一部分。人不能通过遗弃社会的方式来面对未来。社会是人生活和活动的平台。

青春的追求不能离开社会发展、时代背景等客观条件的制约;社会发展、时代背景为青春的追求提供舞台,铺平道路。社会条件对青春的追求及其实现有着巨大的影响、制约作用。

只有在进步的社会条件下,人生的积极追求才能得以实现和发展;同时青春的追求也推动着社会的进步和发展。

青春的追求是人的有意识有目的的自觉活动。虽然社会上的个人的意志、愿望、要求和目标各异,甚至是互相矛盾的,但是最终会汇成一股总合力,朝着社会进步的总方向推进。那些与社会进步的方向相一致的,即与总合力接近或相一致的,是正推动力;而在相反方向上的人生追求,则是社会进步的负推动力。社会的进步需要大批自觉保持与社会进步方向一致的、在青春追求上永不停步的人。社会的发展和进步,自有它自身的运动规律,但这些客观规律的存在和作用,是和人的作用分不开的。社会发展的总趋势、总方向是进步的,上升的,但社会进步有疾速、迟滞之分。

只有青春在社会中才能体现它的价值,所以青春更是责无旁贷地要肩负起时代赋予的重任,在不懈的人生追求中完成时代的伟业,推动社会和人类的进步。

青少年应当到社会中去学习知识,汲取营养,不要只局限于对书本知识的学习掌握,这样会造成青少年孤陋寡闻,缺乏社会技能,就不可能成为有成就的人。所以,在教育青少年时,除了教给青少年书本上的知识外,还应抓住一切可以利用的机会来丰富青少年的见识。如果不让青少年同外界接触,不与别人交往,久而久之就会成为孤陋寡闻、胆小怕事的人,甚至对社会产生一种恐惧心理,也就会跟不上时代的步伐,就会被时代抛弃。

所以,不让青少年接受社会的洗礼,不让他走进五彩缤纷的世界增长见识、锻炼各方面的能力,那他将会成为一个无用的书呆子!

如果老是局限在一个地方,足不出户,视野狭窄,就难免会成为坐井观天的井底之蛙。

青少年要面对物质的高山日益隆聚、精神的家园不断萎缩、终日被喧嚣的尘世包围、处处充满竞争的社会,想使青少年成为一个具有自立自强的能力、能面对社会各方面的挑战的强者,到社会中去了解他人、了解自己以外的所有事物,在社会中去多观察、多思考,让青少年处处留心,学会从身边的人和事中猎获知识。

青少年是社会中人,只有在适应社会的过程中,才能获得社会的价值观念和更多的知识技能,使青少年逐渐从幼稚走向成熟。

刚步入社会不要太浮躁,要低调一点,把自己放到大众中去,不引起别人的注意。不与他人争一时之高低,专注于自己的事情,不在意别人的评价与目光。把自己放在低处,不是懦弱无能的表现,而是积极向上的表现,是对生活的宽容,也是为了以后更好的晋升做铺垫,这是一种修养的底蕴,是美德,是人生智慧。修养与读书有关系,也没多大关系,更多是来自于生活的磨练与体悟。有些东西不是饱读诗书学富五车就能体会的,也不是见了听过了就全都懂,低调是学不来的,不是不说话不出头就是低调,它需要经历了人生的种种摧残,不断磨砺自己的心性。低调来自对生活的阅历。每个人都是有故事的人,假如能将自己的故事真正体会,同时加上时间的滋养,才能内化为自己的修养。低调是一种霸气,霸气是因为对自己有信心,也是一种最强有力的炫耀!所以应先进到社会的大家庭里去,用耳朵仔细听,用眼睛认真看,主动接触社会,接触社会大家庭的每一个成员。社会就是一本大百科全书,里面有太多太多在大学课本所没有的东西,你必须通过实践来学习,不断充实自己。进入社会并不是在社会中沉沦下去,机会往往垂青于有准备的人,当火候一到,就抓住机会崛起。

初入职场的青年人,都梦想着一个能够充分施展自己才华的工作环境和平台,怀着一份雄心壮志,希望实现自我的价值。然而社会的回答往往冰冷而残酷的,让青春的梦想之火渐渐熄灭。因为刚入基层岗位,一切都是按部就班,每个人就像是一颗螺丝钉,不需要创造力,更不需要有梦想。这让青年人失去梦想的力量,就像踏进了"舒适区",想要再次挣脱,浑身都会牵扯得疼痛。一旦在心中形成脆弱心灵的惯性,很难在奔忙的生活之间重拾勇气,因此你可能在庸常的生活里变得庸常。这些不要紧，但你应该至少要有一次用双手去敲击这个世界的门，至少要给自己这一次机会，去真正实现梦想。要用感恩的心去对待工作；用感恩的心去努力；用感恩的心去面对困难和挫折。感恩的心会激励青春不断走向成功。只有这样，几年之后的青春才真正是人生最好的年华，几年的基层工作为青春打牢了基础，青春不会因为缺少经验而走错路或者弯路，也不会因为溺于经验而固化思想和行为。用你超前的思想和眼光，独特的见识，去筑梦青春，创造未来，勇于追求改变自己的人生，也正改变着世界。

　　青年，没有工作经验并不可怕，各种各样的诱惑也没有什么大不了的，一个人只要时刻牢记自己的使命，坚信"自己就是最好的"，还有什么目标不能达到呢？

　　青春失去后才懂得去珍惜，失去后才认为是最好的，也许正因为如此，才有回忆一词。步入社会，一切都得靠自己，才彻底领悟到立足于社会并不容易。在校时很难领悟这一点，也理解不了社会一词。所以说学生时代是质朴的，是单纯的，刚步入社会的人也就有一股傻气。而社会的大染缸则不然，有形形色色的人，有复杂繁琐的事。形色各异的人、诸多繁杂的事增加了青春期的人对社会的认知难度，也就不能准确地定位自己，不能处理好人际关系，更不能保护自己的权益。所以要想在社会中活得好,就应该到现实的社会中去体验社会,体验生活,体验人生。让青春更多贴近社会,去感受最真实的社会生活,体味最真实的人生,去关注社会,了解形势与政策的动态,提升自我锻炼的宝贵平台。

在创业之前,应该客观地评价自己以及所处的社会环境。创业者不如先到企业中去工作,等积累一定经验后再自己创业。

在市场经济条件下,个人的生活状态与知识拥有成正比,财富和知识相形并生。现代生活中产出这种分化是必然的,看上去不公平,但那是个人过去生活的一种反映。每个人无法摆脱自己的痕迹,现在是过去的沿袭,人老了仍面对着自己的过去。所以,知识永远是流行色。这社会本来就是这样子,要有多现实就有多现实,现在不好好努力出人头地,将来命玩你,那你才知道社会有多残酷。因此,青少年的放纵就等于为老年埋下隐患,老年的幸福要靠青年时代的努力。因此,砸碎那些被撕裂的过去,无援地伤心一场,赴汤蹈火都愿意,旧时、旧人、旧雨点谁能助我?可想而知,当某一个机遇到,生命更加转变,转变出欢呼和喝彩或者转变出心碎事件。事前若能料到前世会否这么编。我愿赔上今天的创伤,令我再次失望。我无法呼吸,我忘了自己,我是那么在乎,那么辛苦,拼命追逐我的脚步。爱胜在付出,痛也要痛得刻骨,不到最后我决不退出。看我的世界如此模糊,究竟天藏了什么埋伏,要我活着又不给幸福。争一口气我也要走好人生尘世之旅的每一步。

刚从象牙塔里出来的每一个年轻人都是一位理想家。对未来充满着幻想,憧憬着属于自己的将来,到了工作岗位上怀抱的是理想化的思维方式,是指点江山的做事方法。然而就业压力大,选择余地小,能够专业对口,就已经很不容易了,让他们感到理想与现实的落差太大,一时难以接受。先前宏大的理想,在现实面前已经失去目标,失去动力,只感到实现梦想是遥遥无期的事情。因此,让很多人一时找不到工作的平衡点,工作上也产生一些压力,需要调整和适应。

首先是你必须有责任感,对工作、对别人、对自己都要负责;还有你必须把工作做得更好,对自己岗位的任务你必须做得尽善尽美;再还要养成守时的良好习惯。在人际关系上,会面临许多心理压力:面对失去依赖关系的"空落感",初尝"世态炎凉"的"孤独感",压力的沉重感,不被重视的自卑感等等。因此,要学会调整心态快速适应角色的转变,否则这些不良的心态会阻碍你的前进之路。

在社会交往中,人际关系是一种最基本的关系,可也是一种最复杂的关系。无论是谁，处在这个复杂的世界之中，每天总是要与形形色色的人打交道。所建立起来的人际关系越好，越多朋友，就越能使自己得到勇气、温暖，增加自己的智慧和力量。从客观上讲，良好人际关系的互用，可以成就一个人的事业，使其步步高升；主观上讲，良好人际关系的互用能使一个人更有信心和力量。在人际关系中有的人很受人欢迎，但有些人是很不受欢迎的。受欢迎的人都能体会别人的感受，信息交流得相当充分，不会产生不必要的误解，这就是讲话的艺术和修养。一样的话说得好了，让人高兴；说得不好，让人心跳。说话的艺术不在声大，声大和声小效果是一样的。有的人声大得如响雷，但别人都不赞成；有的人说话温柔得轻声细语，让人很是爱听。所以，说话的语气不一样，效果也就不一样。说话，要说得让人能够接受，心服口服。因此，你永远不要低估讲话的威力，它既可以毁灭一个人，也可以重塑一个人。这是在书本上没有的，只能在社会的大家庭里历练。如有些青年人一开口就成了人际关系的杀手，因为轻视他人、高高在上，这样就无法得到别人的尊重和认可，甚至会令人生厌、敬而远之，因此导致四处碰壁、孤立无援，陷入恶劣的人际关系中。然而这一切是完全可以避免的，即使在各方面都很优秀时还能做到虚心待人，丝毫不因为跟同龄人相比在某些方面很突出而看不起别人。谦虚的人同样会在某方面落后于人。这就需要保持健康的心态,并用正确的方法赶上甚至超过比自己更优秀的人,而不怨天尤人,自暴自弃。

所以说良好的人际关系是事业成功的最重要的因素之一。如果没有一个良好的人际关系,便不会有成功的希望。哈佛大学曾经调查了500名大学生毕业后的就业状况及成就,其中因专业知识不足而不顺利的,只有15%,其他85%则是因为没有良好的人际关系。由此可见,人际关系的重要性。

青年人应该要看重"人际关系",因为它是一个人的最大财产。有些人生来就有与人交往的天性,他们无论对人对己,处世待人,举手投足与言谈行为都很自然得体,毫不费力便能获得他人的注意和喜爱。可有些人便没有这种天赋,他们必须加倍努力,才能获得他人的注意和喜爱。但不论是天生的还是努力的,其结果无非是博得他人的善意,而那获得善意的种种途径和方法,便是"人际关系"的发展。只有良好的人际关系,才能获得更多的机会。因此,世间凡是智者贤人,常把人际关系看做是成功的法宝。

尽管他们与人交往的欲望很强烈,但因为他们在社交上总是采取消极的被动的退缩方式,总是等待别人来首先接纳他们,因此,虽然他们同样处于一个人来人往、熙熙攘攘的世界,却仍然无法摆脱心灵孤寂。要知道,别人是不会无缘无故对我们感兴趣的。我们要想赢得别人,并同别人建立良好人际关系,建立起一个丰富的人际关系的世界,就必须做交往的始动者,处于主动地位。我们应少担心,多尝试。当你主动与陌生人打招呼、攀谈时,当你在舞会上去邀请舞伴时,你会发现你的努力几乎都是成功的。当你的成功经验越来越多,你的自信心也会越来越充分,你的人际关系处境也会越来越好。你要做一个善于互用人际关系的人,即使有的时候与别人偶尔相识,只有一面之交,只要把别人放在重要的位置上,以诚恳的态度尊重人,对待人,那么别人就会跟你做朋友并追随你,与你一起成长和发展。

青年人自从离开象牙塔进入职场,理想的浪漫主义开始褪色,生活显示出残酷的一面。职场人际关系似乎无比复杂,利益的斗争无休无止。办公室好比战场,在这里,每天都进行着一场场没有硝烟战火的较量。不管你累不累,愿不愿意,只要你置身"江湖",有时候必然会身不由己。而永远看不透的办公室政治让你身心俱疲,自己所擅长、所感兴趣的技术专长无所发挥,为了生存不得不去做自己完全不喜欢的工作;工作无休无止,加班一轮又一轮;更令人痛苦的是自己似乎看不到奋斗的价值何在。这就是无数的职场新人们最真实的生存写照,尽管拥有一定的教育经历,不错的专业知识,但在浩淼如海的职场,新人们却永远沉沦在底层,难以浮出水面。

学生时代考场上的较量是智商、汗水等综合实力的较量,职场上拥有较高的情商却能更胜一筹。情商,主要是指人在认识、情绪、情绪管理、耐挫能力、人际关系等方面的能力。较高的情商主要表现为:能准确地认识自己与他人的情绪、善于自控、能与他人和谐相处、自信而不自满、幽默等,这样的人会为自己营造出和谐、轻松的工作氛围,使自己身心愉悦。

刚步入社会的青年人,在社会中发现世态炎凉,人情冷暖,纯真的梦想开始在现实无情的墙壁前碰得粉碎,于是犹疑,彷徨,怀疑所接受的思想,怀疑做人处世是不是一种傻气。因此,不知不觉地学会一些在这个社会中生存、生活下去的本领。随着年龄的一天天增长,他们便逐渐形成了自己的生活准则。这生活准则就是方与圆的智慧:做人应该外圆而内方。方是做人之本,是堂堂正正做人的精神脊梁。这个世界上最受欢迎、最受爱戴的那些人物无不是具有"方"之灵魂。没有"方"之灵魂的人，有悖于社会伦理，只会遭到大众的唾弃，永远无法取得最辉煌的成功。但人仅仅依靠"方"是不够的，还需要有"圆"的包裹，需要掌握为人处世、有效说话等技巧，才能无往不利。"没有规矩不成方圆""有所为有所不为"，可以理解为做人要有自己的准则，但又不可墨守成规，拘泥于形式，要有圆融处世、适应社会潮流的韧性。否则，为人没有方，则会被视作软弱可欺，做事不懂圆，则会处处树敌。但倘若太过方正或太过圆滑，又会寸步难行。正如人走路，直走不行，就可以想办法绕过去；假若非要正路直行，那结果只能是撞在南墙上了。一个人如果过分方方正正，就像生铁，一拗就容易断；但一个人如果八面玲珑，圆滑透顶，总是想让别人吃亏，自己占便宜，久而久之，谁还愿与这种人打交道呢？因此，在为人处世的过程中，要方圆有度，该方时方，该圆时圆，才能做到圆润通达，才能在社会生活中占有一席之地。

处在现代社会中就不得不与人交往，就不得不注重人际关系，而人际关系技巧正是与人交往的润滑剂。但人际关系技巧可以说千变万化，会因人、因时、因地而异。那我们究竟怎样才能娴熟地运用它呢？即不可以过于方正，亦不可以过于圆滑，只有把方与圆的智慧结合起来，做到该方就方,该圆就圆,凡事求恰到好处,左右逢源,便可达到儒家所提倡的"中庸"的境界。也就是现在人们所常说的,原则性和灵活性的高度统一,这就为人处世的最高境界。在生活中要明白方圆之道、方圆交融、方圆并用、方圆互变的人生智慧,并知道何为做人之方,何为处世之圆,何时圆以守方,何时持方以融圆。然后对方正立身、圆融做人、圆中有方、方中有圆的为人处世技巧予以把握,将对你的日常生活有很强的指导意义。因此,学会在社会上待人接物的本领,是一个人生存生活所必须具备的最基本的本领。而在这些为人处世的众多基本准则中,方与圆的准则无疑是最充满智慧的。如果用一句话最简单地概括方圆人生的准则,那就是:做人要有底线,做事会变通。因为做人知方,天地任你行;做事知圆,天下无难事。因此,方与圆所讲述的为人处世的技巧和方法都是次要的,关键是使用方法的人。刻意改变自己去掌握某种技巧,是永远无法取得成功的。唯有提升自身内在的品质,才是人生成功的决定因素!所以,人生在世只要运用方圆之道,必能无往不胜,所向披靡。无论是前进,还是退却,都能泰然自若,不为世人的眼光和评论所左右。

　　自此以后,你会认识到个人的事业成功、家庭幸福、生活快乐都与人际关系有着密切联系。而人际关系技巧则能使你在与人交往中如鱼得水，是你在现实世界中拼搏、奋斗的有力武器。掌握人际关系的技巧，让你在"方"的基础上，变得更加"圆"。